文芸社セレクション

# 白扇

## ～宮脇永子作品集～

宮脇　永子

MIYAWAKI Nagako



文芸社

目次

# 白　扇

繕い物も気が急いたが、義父母はもう寝間に入っている。亭主の勝市は畑仕事が終わり、牛に餌をやると、井戸端で手足を洗いそそくさと出ていった。今頃は上町《かんまち》の居酒屋でおだを上げている事だろう。ふみはそんな勝市を見たことはないが、一緒に行く芳太郎が勝っちゃんなもてるもんなと話していた。

昼間は田畑の仕事が忙しい。夜なべで接ぎの上に接ぎを当てる様な繕い物をしていると舅の勘助から油が勿体ないと言われる。今夜は風呂を沸かしてあった。もういい加減冷めていることだろう。最後に入る者が追い焚きすると勿体ないと言われる。湯船に浸かっているとお尻から冷えてくるような湯につかっていてそれでも一日が終わった安堵で、深く息を吐いた。

早く上がらなければ風邪をひくと思いながら、もう一度湯船の中で顔を洗っているとかさっと音がした。

またっとふみは緊張した。風呂場は竈屋から下を下ろして、風呂桶と二尺四方の洗い場の台に板壁を回した簡単なものだった。ふみは気付かないふりして手桶一杯の湯を汲むと押上窓を目がけて湯をかけた。

「ふえっ」と声がしてかたっと戸がしまった。あの声は勘助の声だ。のぞき見されていることを何度も勝市に言ったが、

「減るもんじゃなし見せとけ」

とめんどくさそうに言う。

自分の女房の裸をひとに見られて平気なのである。しかも自分の父親に。何とか言ってくれと言ってもとりあわない。一度姑のとめに言ったが、

「野良犬か、野良猫がとおったとじゃろう。風呂場でのぞき見をするような元気は、もうおとっちゃんにはなか」

と取り合ってくれなかった。


納戸が若夫婦の寝間だった。とめの箪笥とふみの箪笥とずいぶん古びた長持ちが一棹。長持ちの上にはなんだかんだと載っている。とめの箪笥の環に結び付けられている布切れがひとつ取れかかっていた。ふみは結びなおさず乱暴に引き抜いた。


冷たい足を押し付けられて目が覚めた。

「あら帰ってきたと」

「馬鹿っ、我が家に帰ってきて悪いか」

勝市は乱暴にふみを仰向かせて寝間着の裾を押し広げると有無を言わさず入ってきた。

ふみは目を瞑って顔をそむけた。

勝市のひとり相撲に、さっき布切れがとれた環が小さく音を立てた。勝市は最後に大きく息を吐くとふみの上から下りた。そして始末した褌をふみに投げやると、

「ふん、お前は寝て面白くなか女子《おなご》たい」

と吐き捨てて背中を向けた。

勝市の夜遊びは長くは続かなかった。三反百姓で夜遊びを続けられるようなお大尽ではないし、昨年の旱魃のあおりで金銭も米麦も蓄えはなかった。勝市はどこから酒代をひねり出しているのだろう。


田植え前の村中総出の溝浚えがあった。皆が集まったいい機会だからと言って、庄屋さんが代官所の壁書きの写しを大声で読み上げた。

「妻を売り身代銀を取るとは曲げ事たるべきこと」

と言って皆を見回した。男も女もぽかんとしていた。

「当地の者ども身躰困窮仕候ハ、妻を身代銀を取、その妻を三年或いは五年、七年の下女となし置き候ても身請けの心遣いも不仕、又其妻身を被売事難成と言ひ離別仕候ハ……もし下女に行かんと言ったら、嫁ごを実家に帰して嫁ごの親から金を取ろうとする不届き者がおる」

庄屋さんは壁紙の写しを読み上げることを諦めて、

「尊きも、賤しきも、つまり金持ちでも貧乏でも一家の貧富は主人の為す所だから妻の知るところにあらず。つまり嫁ごが知ったことじゃなかていうことばい。ばってん嫁ごが贅沢したり無駄遣いするとは話は別、そがな嫁は別れろと書いてある」

と言って手元の紙を皆が見るように顔の横で振った。

この時庄屋さんはいろいろ話した。難しい言葉で分からないことが多かったが、ふみは家の中の事は女房、家の外の事は亭主がしっかり守れということだと受け取った。しかし身代銀のための下女奉公を厭だと言ったら嫁を里に帰して金を要求する話があるとは初めて聞いた。お代官さんはよく何でも知っとんなさる。勘助のように助べえでもなければ、勝市のように空威張りでもない。

家族総出で畑に出て鍬取りをしていた時、ふみが腰を伸ばして何気なく向こうを見ると、ふわふわと歩いてくる勝市が見えた。勝市は目の前の肥溜めには気づいていないような歩き方だった。ふみは思わず「危ないっ」と叫んでいた。

勝市は足を止めて顔を上げると今更のように辺りを見回した。勝市が溜めに落ちるのは構わないが、結局汚れた衣服の後始末をするのはふみだ。

「真っ昼間から狐に化かされたわけでもあるまいし、お前は何を考えとるとか。あそこに溜めがあるとはガキの時から知っとろうが」

と勘助にどなられても勝市は上の空でうん、うんと頷くだけだった。

ふみは子供の頃ひとりで山下川に泳ぎに行くと、河童が出てきて尻の穴から脳みそを吸い取られると教えられていた。勝市は河童に脳みそを吸われているのかも知れない。何を言われてもうんうんと生返事ばかりだ。

今年の日吉神社の粥占いは豊作の卦が出ていた。夜中に雨が降った。今朝の空も降り出しそうだ。やっぱり梅雨時は雨が降らんばと思いながらふみは洗い物をすました。

今日から田起こしが始まる。今年は村下の利一の家の分も請け負った。朝ん夜《あさんよる》（早朝）から仕掛からんと捌けんとにとふみは気をもんでいたが、勝市は勘助に金の無心をしている。

「家にそんな金があるか無かか、お前にはよう分かっとろうが。田ん中に行くとに何の銭がいるとか」

と勘助に突っぱねられて、とめに、

「おっかしゃん頼む。今日中に一両払わんと。一朱でもよか。内金で待ってもらうけん」

「おとっちゃんが持たん金をあたいが持っとるけがなか。五十年生きてきたばってん、あたいはまだ一両小判というお宝を拝んだことはなか。早よほか（田圃）へ行け」

と、相手にされないと、今度は流しの前のふみの所に来た。

「お前の実家《さと》からいくらでもよかけん借りてきてくれんか。おいねが年季奉公に出てあんまり経ってないけん、まだ残ってるだろ」

と泣きついた。

「実家は小作で、水呑であんちゃんたちにまたややが生まれて、おいねの奉公の前借金はもう残っておらんげな」

「ちぇっ、役に立たん」

「芳太郎しゃんに誘われたのだから芳太郎しゃんに相談したら」

「ふんあん畜生」

勝市は大きなため息を吐き肩を落として裏口から出て行った。出て行った勝市と入れ替わりに三人の男が入ってきた。挨拶もなしにいきなり、

「勝市はどこだ」

と訊いた。

「今そこから出ていきましたばってん」

ふみが言うとぼさぼさに月代をのばしたひとりが、手下らしいのに裏口の方に顎をしゃくって、もうひとりには牛を出してこいと指示した。牛と聞いて勘助は、

「あんたたちは牛ばどがんするとな」

と叫んで飛び出した。とめも続いて出て行った。

「ぬしが勝市のかかぁか」

とふみをねめまわして、

「ほらっ、これ」

とふみの目の前で一枚の紙をひらひらさせた。

「これは勝市の借金の証文たい」

「借金？」

「ああ借金、博打の」

「博打？」

「大きな声では言われんばってん、洞泉寺のお堂で御開帳でな。よせばよかとに勝市は一度勝たせてやったらそれからのぼせて、借金を重ねてない。溜まりたまって二両と二分」

「家の人は上町の居酒屋へ酒を飲みに行きよっただけです」

「居酒屋のぬたを肴に一杯飲んでよかぁこんころもちになって、ちょいと手慰みに誘われて、一文が二文、二文が三文、三文が五文となって。まあこんなのは勝市だけじゃなかばってん。これが勝市が書いた借金の証文たい。二両のかたに牛一頭。勝市の手形も押してある。ほら」

　とふみの目の前でひらひらさせた。ふみは紙切れに手を伸ばしてしっかり見た。間違いなく勝市の手形だ。麦刈りをしていてうっかり鋸鎌で掌をざっくりと切った。鋸鎌特有の傷跡が小指の下から親指の付け根に向けて残っていたが、この紙の手形にはそれがあった。ふみは目をそらせた。

　外でとめの叫び声がした。男が出ていった。ふみも飛び出した。二人の男が小屋から牛を曳きだしている。とめは果敢にも両手を広げて牛の前に立ちはだかっていた。

「おっかしゃんあぶなか」

牛の鼻面から突きとばされたとめは牛の後ろ足の所までよろけて下がったが、自分で見えないところに人が立つのを嫌がる牛は、回し蹴りの要領でとめを蹴った。蹴られたとめは倒れながらも尻尾を摑もうとしたが、土を舐める様な格好で倒れた。それでも、

「牛がおらんと百姓にならん」

と喚いた。

「この牛は俺の牛たい」

と追いすがる勘助に男たちは証文を投げやり、

「まだ証文はあるからな、楽しみに待っとかんな」

と牛を曳いて出て行った。

ふみと勘助は立ち上がれないとめを両側から支えて家の中に入れた。

「勝市はどげんしとるか」

「さあ知りまっせん」

「博打ばしてたって知っとったか」

「いいや、上町の居酒屋へ酒ば飲みにいくって」

「お前のあしらいが悪かけん勝市が外へ出て行くとばい」

とふみを責めるとめに、勘助は、

「今はそげな話ではなか。今日《こんにち》只今の事たい。とりあえず利一の所に断りに行かなきゃ。

勝市はどこに行った」

「さあ、あの人たち来る前に出て行ったきり」

「馬鹿垂れが」

と吐き出すと菅笠をかぶって出ていった。

ふみは二つ折りになって痛がっているとめに、

「田起こしは隣にでも頼めるかも知れんばってん、念のため実家にも頼んでおきますたい」

と言うと、とめは、

「みっともなか話たいなぁ。よか塩梅に頼んでくれんな」

と、いつもの意地悪な物言いはどこへやらの、下手に出た物言いだった。

半刻してふみが帰ってきた時、とめはお腹を押さえて痛い、痛いと呻いていた。ちょうど帰ってきた勘助と二人で抱えて寝間に移そうとしたが、体を触るのも痛がる。敷布団に何とか乗せて寝間まで引きずって行った。

「医者どんば呼ばんと」

「銭がなか」

「後で何とか出来るから」

ふみにそう言われて出て行った勘助は医者を乗せた馬の口どりをして帰ってきた。痛がるとめを二人で仰向かせた。医者の指示でふみはとめの前掛けを取り野良着の打ち合わせを押し広げた。医者は無造作に腰巻を広げた。ふみは息を吞んだ。お腹は赤紫に変色して腫れていた。

「これは酷い。内臓が蹴破られてる。腹の中に血が溜まっとる」

「その血は尻から出てこんとですな」

「出て来ん、出て来ん。腹を立ち割って血を外に出してもこれだけ失血したら難しかなあ。痛み止めを出すから煎じて飲ませんな」

と言われて、勘助は医者を送って行って帰りに薬草を貰ってきた。ふみは受け取るとすぐに煎じる準備をした。薬草と水を入れた鉄瓶を自在鉤に掛け、埋め火を掘り出して付木に移した。ぼっと燃え上がる火を見ながら昼ご飯を食べていないことに気づいた。


博打の借金のかたに牛を取られたという話は、たちまち村中に広まった。博打はご法度である。代官所に呼び出された勝市は、庄屋に付き添われて出頭した。代官所の役人はすぐ洞泉寺を捜査したが蛻《もぬけ》の殻だった。もともと無人の寺で本堂に残されていた筈の仏像や仏具の金目のものは一切合切無くなっていた。山門の外れかけたとびらは矢来に変わり勝市は入牢となった。

しかし勝市を博打に誘ったという芳太郎は行方知れずだし、田植えで忙しいということで勝市は、入牢三日目に今度博打をしたら島送りだと言われ、百叩きの刑でお解き放ちになった。

「又、お前が悪さをしたら、今度はあたしも島送りになる。よおくおぼえておけ」

と道々庄屋に諭された。

「お前のおっかしゃんは死にかけとる。何で死にかけとるか分かるだろう」

「へぇ」

「お前のせいばい」

「へぇ」

「もしおっかしゃんが死んだらお前が殺したことになるとばい」

「へぇ」

気の抜けた勝市の返事に庄屋は振り向いて勝市を見た。

田植え真っ盛りの田んぼでは、田植えをしている人たちが腰を伸ばして庄屋と勝市を見送った。

庄屋は勘助とふみにくれぐれも勝市の監視を言いつけ、とめを見舞って帰って行った。とめは翌朝早く死んだ。
とめ一人分の働きは大きかった。いなくなられると堪える。実家の親が心配してくれるが、なるだけ助けは借りないようにと決めていた。勝市はずるずると人をあてにするから。実家はまだ嫁入り嫁とりが三人も控えている
田植え、ガンヅメ打ち（中耕）、田の草取りと何とか乗り越えた。後は二百十日をやり

過ごせば、近年にない豊作だと安堵した時、下町の両替商の番頭という男が、一枚の借用証を持ってやってきた。

牛一頭以上の借金があったことに驚いた。勝市はいないからと一先ずは帰ってもらったが、三日を置かずして今度は口入屋という男を連れてやってきた。

今、上町の旅籠は参勤交代で忙しい。ふみに少しの間下働きで働いてくれないか。田植えや稲刈りの忙しい時は帰ってもいいと言う。ふみは勝市と勘助を交互に見た。

二人ともふみをちらちら見るが目を合わせようとはしない。

「あたしが下働きに行きますたい」

とふみが言った時、二人は肩を落として大きく息を吐きだした。ふみはそれを安堵の吐息と聞いた。

ふみは少しの着替えを風呂敷に包んで二人の男に付いて行った。いったい自分がいくらの金でやりとりされたか分からないまま『旅籠まつだ屋』の下女になった。まつだ屋の少し先には、「右さか左くるめ」と書いた追分石が立っている。街道筋だから旅籠の仕事は忙しかった。しかしどんなに忙しくても、田んぼに這いつくばってガシヅメを打ったり、田の草を取るよりも楽だった。

ふみの仕事は下働きだから忙しい所、忙しい所に回される。客商売だから毎日米の飯を炊く。米だけを研ぐのは手触りがよくて気持ちよかった。盆や正月ではないのに毎日米の飯を食べている。釜底の焦げ飯にぱらっと醤油をふりかけた握り飯を初めて食べた。少しばりっとして香ばしくて美味しかった。家では焦げ飯は雑穀入りだから雑炊にしていた。

百姓家で生まれ、百姓家で育ったのに、ほんの数ヵ月で町屋の暮らしに慣れたような気がしてきた。しかし、男所帯で不自由していないかと思うこともあったが、すぐに二人のことは忘れていた。しかし、実家の両親に何も言わずに来てしまったのは心残りだった。年季奉公するのなら実家の親兄弟のためにしたかったと思った。

稲刈りの時、勝市が迎えに来た。しかし宿の主はそんな馬鹿な話は聞いていないと突っぱねた。勝手口に立った勝市の垢じみた姿をふみは物陰に隠れて疎ましく見た。


後片付けが終わり終い風呂から上がってくると、おかみさんが絹物の長襦袢や伊達巻を添えて一枚の色目の良い袷を持ってきた。これと差し出された時は、ふみが着たきり雀だから用意してくれたのかと思ったが、おかみは、

「お前も生娘じゃないのだから色々言わなくても分かるだろう。これに着替えて萩の間の杉原様の所へ行っておくれ」

と言って差し出した。それが何を意味するかはすぐ分かった。

「あたしはご飯炊きやら掃除やらで」

「こないだお前の亭主がきたとき、承知してかえったのだよ。三両前借りして」

ああ庄屋さんが言っていたのはこのことだ。三年、或いは五年、七年と下女となし置きと思い出した。そして勝がふみを連れ帰る努力をするとは思えなかったので、ふみはおか

みが持ってきた一重ねを自分の膝下に引き寄せた。

「そうかい、そうしてくれるかい。天井の節穴でも数えていればすぐ終わるから」

と言っておかみは出て行った。

客は歳の頃四十半ばの男だった。食事の膳を運んだから知っていた。

「ごめん下さい」

と教わった礼儀通り両手をついて部屋に入った。客はもう布団に入っていた。ああと返事してふみを見た。見られてふみはその場で固まった。こういう形で見知らぬ男性と二人になるのは初めての事だった。

ふみは動けなかった。入り口で硬くなって俯いていると、少しして客の杉原は笑い出した。

「私が鬼が蛇にでも見えるかね」

「いえ、そげんことは」

とふみは慌てて打ち消した。

「ま、ここにお出で」

と掛け布団を少し捲った。ふみはそっと立った。そしてさっき着たばかりの着物を脱いで杉原の傍らに横たわった。

杉原はふみにすぐには手を出さない。やっぱり寝て面白くなか女子と分かるのかと思っていると、長糯袢の打ち合わせをおし広げて乳房に手を置いた。子供がいないふみの乳房はまだ固く、杉原の指先にあやされて、乳首が反応した。

　こっちを見てと言われてふみは目を開けた。杉原がふみを見下ろしていた。ふみは杉原の目の中に映っている自分を見た。杉原の目の中のふみはゆっくりと体を動かしていた。身体がおかしくなった。今まで知らなかった感覚が体を波打たせる。自分がどこへ行くのかわからなくなったふみは、相手の背に腕を回してしがみついた。ふみはしばし放心していた。

「初めて男に抱かれたみたいだね」

　と笑いながら言うと、起き上がろうとするふみを布団に引き戻した。

「さっさとすましてさっさと出ていくなんてなんだか味気ないじゃないか」

　これだけのためにお金をもらって身を横たえたというのにまだ何かするのかとふみは天井を見上げた。しかし仰臥して片肌触れ合っているとふみはふわふわと漂い出て行きそうになった。

　少しずつ話した。いつの間にか勝市から「寝て面白くなか女子」と言われたことまで話していた。

「男と女が睦み合うのは忌むべきことではない」

　と杉原は言った。男と女が抱き合って満ちてくるのは嫌悪でも憎悪でもない。快楽《けらく》であり蘇りであると言った。難しくて言葉を理解することはできなかったが、翌朝目覚めたとき、それまでの自分の身体とは何かがちがっていた。体が軽いと感じた。心は甘やかで温かくゆったりしていた。誰にでもやさしくなれそうな不思議な心持ちだった。

一度堰を切ったら後は流れるだけだった。おかみに言われるままにふみは絹の長襦袢に袖を通した。

旅籠まつだ屋は居酒屋も営んでいた。軒先にまつだ屋と書いた大きな赤提灯を吊している。代官所で働く地奴や足軽、人足、職人などが主な客層だった。

居酒屋は夫婦者に小女《こおんな》を付けて営んでいたが、板前をしていた亭主が卒中で急死した。少々とろい女房のつるは小女をつけていても店を回してはいけない。そこでおかみは急遽ふみを居酒屋のおかみにした。

旅籠の仕事は掃除、洗濯賄い方等々と奉公に入ってすぐにでも、言いつけ通りに動けば勤まる。しかし、居酒屋のおかみには気働きが求められた。亭主に死なれたおかみは、二階とよんでいる屋根裏部屋から小女と同じ裏の小部屋に移った。朋輩に大した出世だと妬まれながら、ふみは居酒屋のおかみになった。

勝市が身を誤ったそもそもが、居酒屋での飲酒だった。金も持たずに勝市が飲みにきたらどうしようと心配したが、おかみは「先ずはない。その時はその時でちゃんとあしらう人間がいる。心配しなくていい」と言った。

肥前街道を象と言うとてつもない大きな生き物が通った。七歳と五歳の雄の象が長崎に送られてきたが、少し体が小さかった五歳の象は間もなく死んでしまったそうだ。ぜひ象を見たいとおっしゃる将軍吉宗公のため、長崎のお奉行様は早速象を江戸へ送ることにした。船で送ると色々危険が多い。そこで、陸路を江戸へ向かわせた。一日五里（二十キロ）を行く予定で三月半ば長崎を発った。

長崎、矢上、大村、嬉野、神崎、そしてここ田代を通って飯塚へ。長崎奉行所の役人や越南《ベトナム》人の使いの総勢十四人が護衛に付いてきた。通り道に当たる領地では、領地内の警固に何人もの役人を同行させた。象が通る道筋には触れが出た。象が通る時には騒がないように。餌は青草か藁を三百斤（百八十キログラム）必要。お寺の鐘や拍子木を打たないこと。牛、馬、犬、猫を近づけないこと。象の通り道には綱を張る事等々。代官所周辺の農家から薬や草が山ほど運びこまれた。象見物に近郷から人が集まった。沿道の人々は土下座して象を見送った。ふみは実家の両親をそれとなく探すため、薬種問屋の大きな下げ看板の陰に隠れて象を見送ったが、両親の姿は見つけられなかった。が、思いがけないひとを見かけた。見物の人ごみの中に杉原宏之進がいたのだ。

遠目に杉原を見たふみの胸はときめいた。

どうしても好きになれなかった勘助と同じような年頃なのに、ふみには杉原が好もしいとも、愛しいとも思えていた。

飯塚の宿まで無事象を届けて田代代官所の一行は帰還した。

無事の帰還を慰労してまつだ屋でささやかな酒宴が開かれた。象に同行していない杉原も招かれていた。

ふみは杉原が居酒屋へ飲みに来てくれないかと願った。杉原は宴席で象の話を聞いたに違いない。あのゆったりした口調で象の話を聞きたかった。一度に三百斤の藁や草を食べる象が、一体どれだけの糞をするのか。どれだけの小便を出すのか。大量の小便を馬のしょんべんのようだと言う。象は馬よりもたくさんの排泄をするに違いない。道に流れが出来るのではないかなどと、馬鹿げたことを考えた。

杉原が一夜共寝しただけの下女のことなど覚えている筈もない。「馬鹿ばい」と自分で自分を笑った。

しかし、杉原が代官所の若手役人と飲みに来た。

「奇応丸、千金丹、香鮮散など朝鮮から輸入していたが、朝鮮人参を輸入出来るようにお上の方で動いてもらった」

「朝鮮人参が輸入出来たら田代でも薬が作れるのですね」

「薬屋を回って生産能力を調べてニンジンの割り振りなど検討しなければいけない」

「比良田屋あたりは膏薬がよく売れて薩摩の辺りまで売りに行ってるという話だけど」

「比良田屋も儲かるとなりゃ飲み薬にも手を出してくるかもしれん」

と言って杉原はふみに空いた徳利を振って見せた。新しい徳利を運んでふみは、

「難しい話であたしには分からないけど、大変な仕事ばしよんなさるとですね」

とそれぞれに酌をした。

「昔、対馬藩主の義智さまが大病をなされた折、慶州の医者から朝鮮丸という薬をもらい、全快なさったという記録がのこされている」

と田中丸様が言った。

ふみは苦しんで死んだとめの事を思い出した。せめて良くならなくても、あんなに苦しまずに送ってやりたかったたと思った。

旅籠の方から一膳めし屋に移ったから会わなくなったのかと思っていたふみはなんとなくほっとした。きれいな呑み方だった。二人は湯豆腐で銚子二本を空けると芋の煮っころがしと唐汁、おこもじ（高菜漬けの油いため）で晩飯を食べて席を立った。

「またどうぞ」

ふみは油障子の外まで出て二人を見送った。

杉原はそれから何日もせずに今度は一人で来た。暮れ六つの鐘が鳴ったばかりだったが、二人いた先客が帰るとふみは暖を入れて小女たち二人を帰した。

「暖簾を入れるのにはまだ早いのではないのか」

「ええ、二人にはあたしが具合が悪いと言って帰しました。象の話などゆっくりお聞きしたかけん」

「一人で？」

「はい、一人で。杉原様のお話は独り占めしたか。初めて杉原様とお話しした時、本当は死にたいぐらい色々なことが嫌だった。つらかった。でも杉原様は寺小屋でいろはしか習っていない私に、お話しして下さった。初めて聞いた難しい言葉だったのにじわじわと頭の中に入ってきた。心の中が温もってきた。これから先こんな暮らしがどこまで続くか分からんばってん、これぐらいの我儘は許してもらいたかです」

杉原は向かいに座ってお酌をしているふみの手を燗壜ごと両手で包んだ。ふみの身体を戦慄が走った。走り抜ける戦慄を目を瞑り細く開けた唇から吐息で逃がした。

「今夜は泊まって下さい」

「いいのかね」

「ええ、あたしは二階で寝起きしています。狭いけどほかにはだれもいません。またお話をしてください。少し待っとってください」

そう断って二階に上がると床をのべて杉原を呼びに下りた。杉原に対して構えるものは何もなかった。

二人の他に誰もいないのに喉を震わせる声を懸命に呑み込もうとした。

近々厳原の問屋へ諸々の連絡で帰らねばならない。ついでに亡妻の七回忌の法要をすます予定だ。田代へ戻ってきたらまたくると約束して杉原は帰って行った。

小女のときちゃんは常連の大工の弥助と結婚することになった。亭主が亡くなってからもそのまま雑用をしていたつるは、旅籠の方へ引き取られた。生涯そこで使われるのだろう。

通いで板前に初老の男を一人と、小女を一人これも通いで新しく雇い入れた。ふみは少し楽になった。

杉原が田代へ帰ってくるのを一日千秋の思いで待っていた。そんなある日、旅籠からおかみがふみを呼んでいると使いがきた。雨の中を旅籠の勝手口に行くと軒下に勝市が立っていた。久しぶりに顔を合わせたのだが互いにあ、うっと短く声を出しただけだった。「ごめんなさい」とふみが勝手場に入って行くと勝市も付いて入ってきた。待っていたおかみは、あごの先で勝市を指し、

「亭主が金を貸してくれって言うのだよ。そのためには年季を延ばして良いってさ。まだ前のが残っているから、三年がとこ延びるよ」

とおかみはふみに言った。ふみは一瞬眩暈がするような絶望感に襲われた、いったいどこまで勝市親子に食い尽くされるのだろうかと。爪が手のひらに食い込むほど強く握りしめて耐えた。

年季が明けて勝市親子と暮らすことを望んでいたのか。いんにゃ、それはなか。今よりも声を上げて笑って暮らせると言うのか。いやいやそれもなか。年季奉公の飯盛り女の方がまだましというような暮らしが待っている。それに、それに……会えなくなる。間もなく対馬の厳原から帰ってきなさる。必ず帰ってくると言いなさった。待っていると申し上げたではないか。杉原様と一緒に飲みにきなさった田中丸様がこないだひとりで来なさって、あと十日もせんで帰ってきなさると言いなさった。

「しょんなかですたい。あたしがもういっぺん辛抱しますたい」

「それでいいなら証文に爪印を捺してもらおうかね」

そうおかみに言われて勝市はほっとしたように、ふみに、

「すまんなぁ」

と頭を下げた。これで証文は二度書き換えた。

「里のおとっちゃんやおっかさんな元気にしとんなさるな」

「家の親父が腸満ば患ってあんまり働けん。小作しとった田圃は半分地主さんに返した」

勝市は垢が詰まった爪の指先に朱肉を付けて、へたくそな字で書いた名前の下に押し付けた。ふみの口から深く長いため息がこぼれた。おかみがちらとふみを見上げた。

証文を渡して代わりに三両受け取ると、

「ほんなら」

と勝市は戸口に向かった。ふみは勝市の袢纏の肩に当てられた大きな継ぎ当てを見送った。ふみのもんぺを切り取った物だった。

お代官さまは年季奉公を三年、五年、七年と延期する者がいる。と書いて戒めなさったが、うんにゃ、勝市たちは五年、七年、十年、いやその上だ。勝市が生きている限りふみは旅籠まつだ屋から帰ることはないかも知れない。

雨にそぼ濡れながら勝市が酒屋の角を曲がって見えなくなってから、ふみはまつだ屋と屋号が入った番傘を広げて歩き出した。同じ雨に打たれるのもしゃくだった。

田中丸様が杉原様は後十日でお帰りになると教えてくれた時から、ふみは荒神様を祀った棚に十粒の米粒を盃にいれて供えた。毎朝一粒ずつ舌に載せて杉原様のご無事を祈った。盃の中の米があと四粒になったとき、一羽の鳩が代官所へ悲報をもたらした。三騎の騎馬が代官所の門を抜け北へ向かった。

博多の港から厳原へお蔵米を運んでいる廻船の熊福丸が厳原を出てすぐに、朝鮮の船と衝突した。

杉原様は朝鮮木綿を積載した帰り船に便乗して田代へ来るところだった。

「杉原様は船の災難で亡くなられた」

と田中丸様が親切に教えくれた。神棚の盃の中の米粒は二粒になっていた。

金勘定がしっかりしていて、客が入れ込んでいるときでもめったに計算違いがない。取りっぱぐれがない。そういうところがまつだのおかみの信頼を得ているのだったが、この夜のふみは違った。簡単な釣銭を間違ったり、勘定を払わずにしれっと帰ろうとしても、うつろな目つきで何も言わずに見送った。

「どがんしたとかい。かあちゃんな。長く空き家じゃけん錆びついて血の道に触っとるとじゃろう。今夜夜這いに来て通りばようしてやろうたい」

という卑猥なからかいに聞いていた者は声を上げて笑ったが、ふみがへえといったので後が続かなかった。

看板になってから板前のじいさんは、ふみの様子を心配して小女を泊めようかと言ってくれたが、ふみは何でもない少し風邪気味で頭がふらつくだけだと言って断った。

軒下の赤提灯を畳んで火を吹き消してから冷酒と、二つの盃を持って二階に上がった。

ふみは小引出しから一本の白扇を取り出した。杉原が忘れて行ったものだった。ふみは座ると膝の前に広げた白扇をおいて冷酒を満たした盃を置いた。自分の前の盃にも酒を満たした。

「帰ってきなさるとば待っとりました」

と呟いて盃を一気に呷った。生まれて初めて口にした酒は喉を焼いて胃の腑に落ちた。杉原とふみは何かを誓い合った仲などではない。酌婦と客の間柄だった。年季奉公で旅籠まつだ屋に雇われた。そして亭主も承知の上だと言われて、絹の長襦袢に着替えさせられて、客室に行くように命じられた。その初めての客が杉原だった。淫売だとか、娼婦だとかと蔑まれる仕事に体を汚したのに、堕ちたと言う気がしなかった。

それは杉原様が人を蔑むようなことを言いなさらんじゃったけん。ふいに我に返って、ああ、もう杉原様はおんなさらんと呟き、盃をあおっては朦朧となりいつの間にか開いた白扇の上に突っ伏して眠っていた。遠くで一番鶏が鳴いた。

目を覚ましたふみは白扇を丁寧にたたみ、盃や徳利を洗った。おかみさんのお下がりを洗い張りして縫い直したばかりの一張羅に着替えた。扇は帯の間にしっかりと差し込んだ。

店の外に出た。毎日掃除が終わったら入り口に盛塩をする。夕べの塩が広がっていた。

ふみは屈んで泥まじりの塩を指で寄せて、

「有難うございました」

と声に出した。ふみにとって決して嫌な場所ではなかった。

立ち上がったふみは生まれ在所目指して歩き出した。

今、心の中にあるのは山下川である。子供のころから泳いで遊んでいた。何年たっても働いている下町や上町の土地柄にはなじめなかった。「足抜きの堤」と呼ばれる大きな堤の傍を通った。遊泳禁止なのに毎年子供の犠牲者が出る。時には大人の身投げもあった。それら人々の慰霊のため、堤の土手に一体の地蔵尊が祀られている。

ふっと薄闇の雲間から鳥が二羽音もなく目の前を通って西へ去った。ふみは手を合わせて見送った。

ふみは海を見たことはない。しかし、川は流れ流れてやがて海に辿り着くことは知っている。

やっと山下橋に着いた。まだ夜は明けきっていない。ふみは欄干に寄って鈍色の川面を見下ろした。田植え前の川は満々と水を湛えていた。袂に忍ばせていた腰紐で両膝をきっちりと結んだ。帯の間から白扇を抜いてゆっくり開くと昨夜の酒宴の名残がかすかに匂った。

開いた白扇を捧げ持つと腕を伸ばして川面にそっと置いた。ふみは白扇を追って身を投げた。

へぇあっしですかい。秩父の山奥で伐り倒されて、幹や枝葉、向き向きに切り分けられて、炭に焼かれたり、どうしたりと、あっしは一寸五分の角材になって、このお江戸のさる商家の大戸の芯ばり棒をやっておりやしたが。

大火の夜、表通りに放り出されて、踏まれたり蹴飛ばされたりしていたのを、八丁堀の旦那がひょいと拾ってあっしを振り回しながら、逃げ惑う人たちに下知していやした。その後、旦那は番屋に顔を出して二言三言何かいうと、手に持ったあっしを思い出したように、ほいと番太郎の辰三に渡しやした。へいと受け取った辰三は焼き芋の竈に立てかけやした。

辰三は番太郎のかたわら冬は焼き芋屋をしているのでござぇやす。まあ、炭になったり、囲炉裏で燃されたりと同じ一本の木の身内といいやしょうか、仲間といいやしょうか、ほとんどがもう姿も形もなくなっちまっていたし、あっしなんざ、生き長らえた方で、芋竈で燃やされてもどうってことはありゃあしませんや。

それがまたここでお天道さんを拝めるのは、あのときの八丁堀の旦那が番屋の向かいの自身番に迷子をつれてきたからでありやす。旦那は早速迷子札を作り、おい何か手頃な棒杭はないかと辰三に声をかけて、そのまま芋竈に立てかけられていたあっしが、再び旦那の手に渡り、迷子札が下げられてこの日本橋の袂に打ち込まれたのでござえやす。

高札かって？　へえ触れ書きですから、高札でやんしょうね。ここ日本橋の南詰めにはあっしと相対して同じ高札が掲げてありやすが、ありていに言えばあちらがご本家で、石垣の上に柵をめぐらし屋根までつけられておりやす。

へぇあっしは晒場の脇の高札でして。

あちらの高札は七枚、禁令や触れで、親子兄弟に関する戒めやら、切支丹禁制、人足の駄賃の取り決めまでそれはそれは細々と詳しく記されておりやして、まあ江戸市民の心得であり、大事な御法でやすが、町民の皆が読めるわけではござんせん。なんせいろはにほへとの手習い程度では、『右条々可相守之若相背は可被行罪科者也』なんぞ、ちんぷんかんぷんなので、町役人の口から町々に伝えられるのでござぇやす。

両国橋九十六間、永代橋百十間にくらべればこの日本橋の長さは二十八間と大きくはござんせんが、なにせ日本橋というこの気宇壮大な名前が人々の足を誘う、お江戸のみやげ話にと。で、小さいのにがっかりする人もいて。

橋の上を往来する人々の喧噪、上り下りの船の櫓の音と、それはそれは賑やかなことでごぜぇやす。あっしなんざぁ道端におっ立った棒切れで、触れ書きがなかったら見返りもされやしませんや。

ついこないだは女犯の僧が三人、ここに晒されていやした。毎朝伝馬町のお牢からもっこで運ばれ衆目に晒されて、日暮れ刻にまたお牢へ帰されやす。

間口五間、奥行三尺の筵葺きの小屋を作り、三方は筵を折り廻して囲み三尺ごとに杭を打ち、横に青竹二本を渡した小屋にお縄姿で座っているのでござりやす。そばに罪状を書いた三尺の捨て札が立てられておりやす。

しげしげと顔を見る者、捨て札を声高に読む者、珍しくもないと横目に見て通りすぎる者といろいろです。非人や谷の者が見張り番をしているから、通りがかりに情けをかけたり、この極悪人めと石を投げるなんぞできるものではござりやせん。三日目三人の僧は、剃りあげられていた頭にぶつぶつと毛が伸び、顎ひげ、頬ひげが陰を作り無残な様子でもっこで運ばれて行きやした。

あっしは今つくづく運命というものを感じておりやす。へえぇ、おかしいですかい？秩父の山奥からけっ転がされたような樫の木切れの分際で？

まあちょいと聞いておくんなせぇ。運命といいやすのはね、あっしが芯張り棒をやっていた大店の、若旦那の幸三郎さんにお会いしたんでさあ。ここで。

ふわふわよろよろと幸三郎さんは、体の芯が溶けたように頼りない姿でお縄を掛けられて。罪状は相対死でやした。

あの若旦那が……懐かしいより何よりその姿格好に、ただただびっくりしてすっかり肝が冷えっちまいました。

もっこから降ろされて、立つのもやっとの幸三郎さんの杖になりたいとあせりやしたが、地面の下の一尺五寸はゆらりとも動かず、このときばかりはしっかりとあっしを木槌で打ち込んだ、八丁堀の旦那を恨みやした。

おとせさんの体を、せめて胸乳や秘しどころを、つぎが当たったたむつきででもいいから、覆ってやりたいと思っても、棒杭は棒杭、へたれた雑巾にもなれやしませんや。

近松門左衛門というもの書きがそれはそれは美しい情死の話を書いて、人形浄瑠璃で上演されておりやした。

いろんな話がこの橋を行き交う人々の口の端にのぼりやす。いつの間にかこの棒杭に染み込んで、耳学問とやらになっておりやす。へえ、その悲しく美しい恋の道行きも、現世では、未遂に終われば晒し者、無事に死ねても素っ裸で山野に遺棄という次第で、浄瑠璃や芝居のようにはいきやせん。

これは八代将軍吉宗公は大変情死がお嫌いで、あるとき大岡越前守を呼びつけて、『男女色欲にて命を落とすものを、上方江戸ともに心中といいならわす。これはもっての外、不届きな言葉である。心中とは忠ということである。それを無知文盲でこの世では添われず、未来で添うというようないたずら者の死を心中などというのはもったいないことである。是は人間の知恵で男女相対して死ぬなどということは有るべきことでなく、皆禽獣の心になってすることである。人にあらざる所業だから禽獣というべし。畜生同断の者だからその死骸は野外に捨てるがよい。また下帯を取りて捨てるのが畜生の仕置きである』と、まあこれでもかこれでもかと、畜生呼ばわりで。

大岡様が制定しなすった御定書百箇条には、この吉宗公のご意向が生かされて心中者には、それは厳しいお定めになりやした。心中の遺骸は見せしめのため全裸で晒した後打ち捨て、どちらか生き残った者は『下手人』と、これは死刑のこと。

禽獣が惚れたはれたで手を取り合って死にますかねぇ。心中をひっくり返せば中心、つまりは忠と、将軍様も随分穿ったものの考え方をなせぇやす。将軍様の鶴の一声で心中は相対死になりやした。

相対死天網島、曾根崎相対死、なんて間が抜けておりやしょう?

えっ？　ああ、若旦那の話でしたっけ、樫の木だって長い間雨風に曝されお天道さまに照りつけられれば、ささくれ、虫食い、ひび割れもしようというもので、そこここから正気も毒気も溶け出して、もうどうでもよくなっちまって、思い出すまま気の向くまま話があちこちに飛びますが、まあ、辛抱して聞いておくんなさい。若旦那のことだけは誰かに話しておきたいと思っておりやした。

あっしが大戸の芯張り棒をしていたのは、浅草の味噌醤油に油を商う三河屋でやした。大旦那の名前は徳右衛門、おかみさんはお捨、幸三郎さんは総領で三つ違いの弟の正五郎さん、幸三郎さんの女房のおとせさん。それに丁稚から手代番頭、女中の使用人が十二人と大所帯。

毎朝大戸を開ける前に、徳右衛門さんが大声で神棚に向かって十に及ぶ御家法を読み上げやす。それに続いて番頭以下の者が唱和しやす。

毎朝毎朝聞いていたので今でも諳じられるくらいで。一、家業精出し暫くも怠るべからず。一、家内和合第一、聊かも口論いたすべからずとかってね。博打をするな、分に過ぎた衣服を着るなと贅沢を戒め質素倹約の励行励行、さすがはお江戸、火之用心第一のことというのもありましたっけ。

こいつは丈夫で使い勝手がよいと大番頭に褒められて、三河屋の大戸の守りについたころは、まだ若旦那は時折お店の方に顔を出していなすったのでやす。

小さいころは疳の虫で、ひょろひょろした手足に腹ばかりがぷっくりと膨れていて。蛇とんぼの蛹を干した孫太郎虫を疳の虫下しに始終飲まされて育ったそうでやす。

青っ鼻垂らしそうな丁稚でも軽く担げる味噌樽も若旦那の手に負えやしやせん。それならせめて帳場の守りをと、老練な番頭から商いのいろは、帳付けのあれこれを熱心に教えられても、時々商売物の生味噌の匂い、油の匂いにえずいておえっ、おえっと口を押さえて奥の厠へ走る。

その様が家業大事の徳右衛門さんの癇に障って、幸三郎さんを見遣る険しい目付き、なんてざまだと胸の中で罵る声が、店の隅にいるあっしに伝わってくるのでやす。

へえ、それに気が付かないふりをして、大福帳を繰っている番頭の困った顔も。

そんな若旦那でやしたが、株仲間の一人から縁談が持ち込まれたのでござりやす。同じ味噌醤油を扱う野田屋の次女で、仲人口では、利発で器量よし商家の嫁にはうってつけ、若旦那を助けてきっと家業を盛りたてるだろうと大褒めでやした。

若旦那の病弱を理由に大旦那はその話を断りなすったのでござぇやす。昼行灯のような幸三郎にそんなちゃきちゃきの嫁がきたら、自分が死んだあと、三河屋が野田屋に乗っ取られてしまうと考えなすって。

へえ、大旦那は入り婿でござりやす。

先代の眼鏡に適った大旦那がお捨さんの婿養子になったのでやす。そんな立場の大旦那は、先の先まで読んで三河屋の安泰を図りなすった。病弱の息子より先代のご恩、譲り受けた商売が大事だったのでございやしょう。

おかみさんの前に生まれた兄弟は次々にはやり病でなくなったそうで、だからおかみさんはお捨と名づけられやした。一度近くの神社に捨てられて、それを打ち合わせずみの自身番の役人が拾って、三河屋に預けにくるという、なんともまあしち面倒な手順を踏んで、三河屋の一人娘としておかいこぐるみの乳母日傘で育ちなすったので、酸いも甘いも嚙み分けるというぐあいにはまいりませんや。

おとせさんは正五郎さんの子守っ子でやした。七つの歳に三河屋に年季奉公にきなすった。だから幸三郎さんの三つ年上てことになりやすかね。

子守っ子から続けて三河屋に奉公していたのでやすが、大旦那はこのおとせさんに目を付けなすった。

おとせさんは、幸三郎さんがひぃひぃぴぃぴぃ疳の虫で泣いていたころからよく知っていなさる。それにもうおとせさんのふた親もとうに亡くなっているから、否やはなかろうと考えなすったんざんしょうね。

おとせさんは、はなはこんな大店のおかみさんになるなんて滅相もない。勿体なさすぎると強く辞退しなすったが、ほんにお前には申しわけないが、あんな半病人の幸三郎の看病人になったつもりでと、たってのたのみについ頷いてしまいやした。

大旦那の家業大事なお気持ちが、弟の正五郎さんの方を向いてしまっているのを感じていたから、幸三郎さんを哀れに思うようにもなっておいでやした。

ぼんの内輪の祝言を挙げて間もなくから、幸三郎さんは店に出てこなくなりなすった。床に伏せるようになってしまったのでございやす。医者の見立ては肝の臓の病、油の匂いにえずくのはそのせいで、心の臓もだいぶ弱っているとのことでした。

床に伏せっている幸三郎さんには、毎朝ああ、忙しい忙しいと廊下を通りすぎる大旦那の足音は、胸に刺さり枕に響くのでやす。看病人のつもりでといわれていたはずなのに、薬湯を運んできて、幸三郎さんの頭のあたりを気の早い蠅が一匹飛び回っているのを団扇で追っていると、通りがかりに大旦那がひょいと覗き、おやまぁ自分の頭の上の蠅もおえないのかえと、一言吐き出して足早にお店の方へお行きなさる。その後ろ姿に、黙って頭を下げるおとせさんへ、幸三郎さんは「いつもすまないねぇ」と詫び、「なんの」とおとせさんは笑いながら首をふり、立ち上がりながらよいしょとあげた声に、そっとため息を混ぜこんで肩を落としていなさる。

おかみさんのお捨さんも、早くよくなるようにしっかり看病しておくれとおっしゃりながら、幸三郎は心の臓を患っているのだから、無理をさせたらなおるものもなおらないからねと暗に嫌味をいいなすって。

祝言を挙げたときから、幸三郎さんの体には精を放つ力はありやせんでした。一つ床の中で、すまないねぇといいながら、幸三郎さんはおとせさんの胸乳に手を置き、こうしていると安心して眠れるといいなすって。おとせさんもまた、幸三郎さんの背中に廻した手を、赤子をあやすようにゆっくりゆっくり這わせるのでごぜえやす
男と女の契りはしなくても、こうやって抱き合っているだけで、二人とも極楽浄土で安らいでいるような気分なのでございやす。

徳右衛門さんの気ぜわしい足音も、お捨さんがおとせさんを呼び立てる声も、一、家業精出し暫くも怠るべからずの唱和も聞こえてきやしやせん。

闇と静寂が二人の臥しどをすっぽりと覆って、病苦や舅姑への気がねをいっとき忘れさせてくれるのでござりやす。

あの大火でお店も焼けっちまい、お店再建まで病人は足手まといだと、大旦那たちの仮住まいとは別に、二人は大番頭の世話で棟割り長屋へ越しなすったのでやす。

入口は木戸で三尺路地の真ん中にどぶ、突き当たりはごみ溜めと二匹立ち（二つ続き

の惣後架（便所）で間口九尺奥行二間の長屋が背中合わせに並んでいて、二人が入ったのは一番奥の端。板張りに筵敷き。がらりと障子を引いて中にはいると隅々まで丸見えという手狭さ、おまけに横は惣後架で糞尿の臭いが漂っている。

そんな裏長屋でしたが、二人には針の筵のような三河屋の備後表の畳よりも、この裏店のすり切れかかった筵の方が、蓮の台に座すような安堵と極楽、ゆるりと手足を伸ばして、一層固く心と心を綯い合わせたのでござりやす。

出職、居職、物売り、長屋の子供相手に読み書きを教える浪人と住人は雑多でやしたが、誰も陽気でがさつで貧乏で、病人に嫌味をいう者はいないし、かえっておとせさんの顔を見ると、どうだい旦那はちっとは加減がよいかえと案じてくれやした。

一年後三河屋は元の場所に元どおりの店が出来上がりやした。三河屋の総領がいつまでも裏店住まいでは人目が悪いと二人は新しい家に呼び戻されたのでござりやす。

藺草の匂いがまだ消えない畳に横たわっても、幸三郎さんの気持ちは晴れやしやせん。新しい畳はいい匂いだねぇ、これもすぐに薬湯の匂いが染みつくのだろうねぇと大旦那の声。火事騒ぎで再建までと里に帰した女中が飛脚を出したのに、なかなか戻らない。ちっとは賄いの手伝いをしておくれでないかと、おとせさんを急き立てるおかみさんの声。

長屋暮らしではほつれ髪をかきあげながら、声を立てて笑っていたのに、だんだん笑いが消えていくおとせさんの顔……と、幸三郎さんの胸の中で渦が巻いていたのでやす。弟の正五郎さんはこの一年の間でめっきり商人らしく成長しなすって。幸三郎さんは昼行灯どころかこれでは破れ行灯だとわが身を疎んじて鬱々としなさるばかり。

天井に蝿が一匹ひっそりと留まっていやした。こうるさい蝿さえも、一人で天井を見上げていると、少しばかり無聊の慰めになりやす。時々どこかへ飛んでいってはまた天井に留まる蝿を目で追いながら、蝿を相手に胸の中の暗鬱をぽつりぽつりと語りかけていなさる。

そして、ああやっぱりそれしかないねぇと一つの考えに行き着きなすった。

ある日、幸三郎さんは意を決して、私は小石川の養生所に入る、お前には去り状を書くからここを出てどこなとおいきと、おとせさんに言ったのでござりやす。

おとせさんは感じるものがあったので、わかりましたとあっさり言ってから、せめて小石川までは私に送らせておくれでないかえとお頼みなすって、幸三郎さんもそれまで拒むことはできやせんでした。

へえ、大旦那にいなやはありません。かえってあたしもそれを考えていたのだよと、先に丁稚を養生所に走らせて、入所を頼みやした。

あした小石川へ行くという前の晩、幸三郎さんは愛おしそうにおとせさんの胸乳に顔を埋めて、すまないねえ、すまないねえと言い続けなすった。おとせさんは幸三郎さんの涙が乳房に伝うのを感じながら、自分もまたとめどなく涙を流していなすったのでございやす。声を立てずに。

翌日小石川へは幸三郎さんのために、一丁の町駕籠が雇われやした。駕籠に揺られるのは幸三郎さんの体に堪えやした。おまえさんだいじょうぶかえとなんども声を掛けていたおとせさんは、ちょいと一休みさせたいからと、駕籠かきの足を止めて幸三郎さんを降ろしなすった。

肩で息をしながら幸三郎さんは道端の小さなお地蔵さんの傍らに座り込みやした。幸三郎さんの背中をさすっていたおとせさんは、しばらくここで様子を見て、戻り駕籠でも捜すからと駄賃を出すと、病人の様子を胡乱な目で窺っていた駕籠かきは、ひったくるように受け取るとさっさと引き返しやした。

ここはあんまり道端だから、人の行き来のほこりがたつと、おとせさんは幸三郎さんに肩をかして少し奥の木立ちの中に入りやした。そして……。

おとせさんは、おまえさんあたしに去り状を書いて、一人で死のうとしてたのじゃありませんか、なんで一緒に死のうと言っておくれではないのかえ、と幸三郎さんの手をとり、自分の胸にあててひくく囁きなすった。

「女房じゃないかえ」

そしてじっと幸三郎さんの目に目を合わせたのでござりやす。ひたと見開いたおとせさんの両目にじわりと涙が盛り上がってきて、耐え切れなくなった幸三郎さんは、気弱に視線をそらして空を見上げなすったのでごぜぇやす。

空には小さなちぎれ雲がふたつゆっくりと西へ流れていきやした。その雲を目で追いながら、

「去り状をもらってもおまえは帰って行くところがないのだねぇ」と寂しい声で呟きやした。

「おまえさんとあたしはふたり合わせて一人分みたいなものさね。人間、体の半分だけ死んで半分生きているなんて、できやしないじゃないかえ」

「おまえの胸は柔らかくて温かだったたね」と、幸三郎さんがまだその温もりが残ってでもいるように、そっと自分の手を見つめると、

「おまえさんの薄い背中が愛おしくて愛おしくて」とおとせさんは幸三郎さんの胸に顔を埋めなすった。

幸三郎さんはおとせさんを抱きしめると背中をなでながら、「いつもおまえはこうやってくれてたねぇ……ありがとうよ」と、おとせさんの耳元で囁きやした。

幸三郎さんのかすかな息づかいにおとせさんの項の産毛はゆらぎ、えもいえぬ至福がおとせさんをつつんだのでござりやす。

おとせさんは大事に抱えてきた包みから一本の脇差をとりだしやした。驚く幸三郎さんに、

「あの長屋で、隣の鋳掛け屋の虎さんにお金を少しばかり用立てたとき、虎さんがこれをかたにとっといてくんなと無理やりおいていったものだけど」と鞘を払いました。

「先ずおまえさんがあたしを突いておくれなあたしは先に逝って待っているから、おまえさんじきに来ておくれよ」と、脇差を握った幸三郎さんの手を両手で包み、「南無阿弥陀

仏」と唱えると一気に自分の喉を突いたのでござりやす。おとせさんの首から血が溢れ出やした。

幸三郎さんもすぐに脇差を自分の首に当てたのでやすが、毛ほどの傷もつきやせん。鋳掛け屋の虎がときたま出入りする鍋匠の所で買った、なまくらだったのでござりやす。病み細った腕ではどうなるものでもありゃしませんや。

幸三郎さんはなす術もなくじっとおとせさんを見下ろしているばかりでやす。血の匂いを嗅ぎつけて蠅が飛んできやした。へえ、次々と。

通りがかりのものが幸三郎さんを見つけたとき、幸三郎さんは、ひたすらおとせさんにたかった蠅を追っていたのでごぜえやす。

あっしは将軍様におたずねしたいのでさあ。これでも禽獣の所業かと。

大岡様、お城の奥の将軍様にはわからない下々の人情の、ほんのひとつまみでもわかっちゃあくれませんかねえ。

大旦那が百叩きの刑を受けやした。これが二人への手向けになったらよござんすがね。そこの高札の一の札の第一番目に『親子兄弟夫婦を始め諸親類にしたしく下人等に至るまでこれをあわれむべし』と書いてあるじゃござんせんか。あれですよ。あれで百叩きでやす。

ええっ、あっしが講釈師みてえだって？　見てきたような嘘をつくって？　嘘じゃござんせん。

道端の石ころだって、そこの高札場の石垣だって、じっと世間に耳目をそばだてているのでごぜえます。

ほら、さっきからあっしの天辺で、飛び回っている蝿、これなんざぁ幸三郎さんたちにくっついてきた蝿でやすが、あっしの話の半分はこの蝿の嘆き節でやす。

うるせえですかい？　まぁちょいとかんべんなすっておくんなさい。ぶんぶんと悲しんでくれているのでさぁ。

# 春秋幡崎《はたざき》村

ここ二、三日アオに落ち着きがなかった。ブゴゥブゴゥと鼻を鳴らすし、厩の壁をとんとんと後脚で蹴る。

馬吉は度々ドウドウドウドウと声をかけ軽く頸筋を叩いてなだめた。寝る前に見に行った時もまだ立ったままだった。

「アオが騒動しよるな」と旦那さんも見にきた。

「明日は筑前の港まで郷蔵《ごうぐら》の米ば運ぶけん早よ寝らんば」と言い厩を出ながら、「何か良くないことの前触れじゃろうか」と空を見上げた。

空には三日前から現れた赤黒い星がまがまがしく光っていた。

馬吉は厩続きの小屋へ入った。単衣の袢纏を打ち合わせてくくっていた紐をほどくと六尺一つになった。馬吉の体温に蚊が集まってくる。

馬吉はあちこちぼりぼり掻きながら三畳ほどの小屋半分に敷き詰めた藁の上の蓆に横たわった。

アオのことも気になったが早朝の草刈りから始まり、牛馬の世話に畑仕事となんだかんだと働きづめだから、横になるとすぐに眠ってしまった。

ぐっと体が持ち上げられてゆすられるのと、アオが断くのとどちらが先だっただろう。馬吉は飛び起きると、厩と小屋の境の羽目板を外して厩へ入った。アオはブゴウブゴウと鼻を鳴らし、立ち上がって前足で宙を掻いていた。興奮している馬に下手に近づくと危険だったが、馬吉は飛び上がるようにして轡をつかむとドウドウドウと声を掛けながら頸筋を叩いてアオをなだめた。

旦那さんや若旦那の正治郎さん、納屋の二階で寝泊まりしている男衆《おとこし》のみんなも外に出てきた。

「おお、おおみんな無事か、誰も怪我しとらんか」と旦那さんが訊くと、

「大きな地震じゃったな、こんな大きな地震は生まれて初めてやった」

「梁から下げているガンドウがぐらぐらゆれた」と口々にわめいた。そして年かさの男が、

「ここは大した事はなかばってん、悟助ん方はどげんかわからんな。見てきた方がよかかもしれまっせん手分けして村うちばまわってきますたい」と言うと、

「ああ、そげんしてくれ。土居が崩れたり、道が崩れたりしとるかもしれん気を付けて」と旦那さんは心配そうにうなずいた。男衆たちはガンドウに灯を入れて屋敷を出て行った。

「アオが騒いだな」と旦那さんは厩をのぞいた。

「明日は船着場へ行けるかどうかわからんな。こげん大きな地震じゃけん途中道が崩れとるかもしれん。代官所からなんかお沙汰があるじゃろう。夜が明けたら忙しくなるけん早

よ寝とくがよか」

そう言うと母屋へ入って行った。

アオは十七歳になる対馬馬である。体高四尺三寸の青毛だ。おとなしい性格で粗食に耐え剛健である。蹄が硬いので装蹄しなくてもいい。重い荷物を運ぶことが出来るから農耕や運搬用の馬として働いている。アオが博多の船着場まで郷倉の米を運んだ回数はかぞえきれない。

坂道が多い対馬で繁殖した馬は坂道を上るのに、右側の前後肢がペアに左側の前後肢がペアになる歩法、側対歩ができるので楽に峠を越える。

アオは馬吉になだめられて落ち着きを取り戻すと四肢を折り曲げて座った。馬吉は自分の小屋へは戻らずにそのままアオに寄りかかって眠った。厩は一番居心地の良い場所だった。

これは明和六年七月二十八日夜半の出来事である。

二十六日夜半東の空に怪しげな星が現れそれは三晩に及んだ。田代代官所の役人が代官所日記に、東方ニ両三夜丑ノ刻、彗星之如キ怪星出ルと記した。三夜に及んだ怪星は二十八日、南北に揺動する大地震を残して消えた。旦那さんの不安は的中した。

幸い村内ではけが人はいたが死者はいなかった。処替えの悟助の家は打付《うつつ》け棒杭《ぼっぐい》の掘っ立て小屋だったのでぐらりと傾いていた。

庄屋である旦那さんは差配に忙しかった。

幡崎《はたざき》村には秋光川と山下川の二本が流れている。山下川はすぐ先の方で大木川と合流し、秋光川は筑後久留米の手前で宝満川になる。

　地震で幡崎の隣村の永吉寄りで山下川の土居が、数年前川幅の拡幅工事をし、川底の浚渫工事をした部分が、五間にわたって崩れたので代官所は補修のための公役《くやく》を触れた。

　公役の従事者は各家の竈数《かまどすう》で決められた。旦那さんの家からは下男や作男の男衆も公役に出た。四十数戸の村落には、中気で寝込んで男手を出せない世帯もあった。夫に早世された後家もいた。以前男衆の一人が、ここの家からは何人も公役に出てるのだからあしゃ田の草ばとってきますたいと言ったことがある。そのとき旦那さんは、語気荒く制止した。

「我がうちの田ん中が気にならないものはおらん。ばってん公役に出とる。みんな田の草もつんつん伸びた稗も見て見ん振りして公役に出とるとぞ」

　と言われて男は天秤棒の先にもっこを引っかけて出て行った。

　工事場の差配は代官所からは担当のお役人が出張って来るが、旦那さん——幡崎村庄屋佐々木宅左衛門は何かと忙しかった。

　川上の永吉村からも川下の原《はる》村からも加勢人がくる。皆、田の草取や鴈爪打ち（中耕）で忙しいのに公役に出ている。日傭には及びもつかぬが旦那さんのせめてもの気持ちで昼飯を出す事にした。そのことを村一番の大地主仙右エ門さんに耳打ちすると、あくまで前例にならないようにと念をおして仙右エ門さんも米一俵を出してくれた。

　五分搗きの米にひらかし麦（精麦しない麦を水に漬けてふやかしたもの）や粟などの雑

穀を混ぜたばらつく飯を、葉欄や高菜の葉で包んで握りしめた大きな握り飯が一人あて二つに沢庵を付けることにした。

二日目、三日目にはこれも使ってくださいと、高菜漬けや梅干しを届けてくる者もいた。

筑前、筑後、肥前の国が境を接している三国峠の辺りの崖崩れで道が塞がれていた。郷倉に貯蔵している米の運び出しは延期になった。ここは対馬藩の飛び地で対馬の殿様の宗氏が、田代に代官所を置いて治めていた。対馬は山地が多く水田がごく少ないので、田代代官所の差配地は唯一の穀倉だった。

年貢米はいったん郷倉に貯蔵する。郷倉に貯蔵された米は荷馬車を連ねて筑前博多の港まで運ばれていた。対馬では肥前からの米の搬入を待っているだろうが今はそれどころではなかった。

一度に一斗も二斗も飯を炊くときは家人も大姑の年寄婆しゃんも竈屋に来る。年寄婆しゃんは大方囲炉裏端に座っているだけでだが、婆しゃんの年季が入った手のひらは炊きたての熱い飯をさっさか握りしめる。普請場に男手を出せない家からは炊き出しの加勢に出てきた。小作のおっ母たちも炊き出しを手伝った。

馬吉は普請場まで、毎日大八車で入籠《いれこ》や麹蓋《もろぶた》に詰めた握り飯と一升徳利に入れた二番茶、三番茶で煎れたお茶や手桶に汲んだ水を運んだ。

工事は崩れた土手の裾に打ち込んだ杭に裂いた竹や板で壁を作って、石くれや土を入れた俵を積んで補強するものだった。

災害に備えて応急処置用に庄屋さんには土砂を詰めた俵や竹や杭用の木が備えてあるがそれだけでは間に合わなかった。工事に必要な土石を調達するのに旦那さんは自分の持ち山に小規模な爆破を仕掛けることを承諾した。各家の牛馬も駆りだされて土石を運んだ。

三日で応急の補修は終わった。

早く修復しなければこれから大風が吹き、大雨が降ればまた補修仕掛けの土居が崩れるかもしれない。田の草取りもある。地震による公役は初めてだった。

降っても照っても百姓は泣かされる。一昨年は大水だった。雨が四、五日降り続いた夜半人々は激しい擦半で目覚めた。耳を澄ますと、「山潮だぁ、山抜けだぁ」という叫び声が聞こえる。

あれは隣村の半鐘だ。旦那さんは息子の正治郎さんや男衆をつれて蓑や甚八笠を身に着けて出て行ったが間もなくずぶぬれでもどってきた。

夜食の準備をして待っていたあねどんが、

「しっかりぬれて、ふんどし迄ずぶぬれたい。内も外も風呂が沸いとりますけん早よ入って着替えて下さい。山抜けはどがんでしたか」

とせかせか訊くと、「あれじゃ手も足も出らんばい」と口々に昂った口調で話し出した。

隣村に実家がある年寄婆しゃんも心配して起きていた。

「どがんじゃったかい」と尋ねる婆しゃんに、

「おっかしゃんの実家《さと》の秋山は本家《もとえ》も分家《わかれえ》もどうもなかった。久市ん方がやられとった。久市とおっかさんの二人して押し流されていた」

　と旦那さんが言うと、年寄婆しゃんは、「あそこは親子二人暮らしだったな」と眉をひそめた。

「うん、まだ家と一緒に押し流されたかどうかは分からん。山が抜ける前に逃げとったかもわからん」

「久市のおっかさんな早よから後家になって苦労しとると聞いとった」

　と、話しているところへ「お先しました」とざんばら髪の正治郎さんが入ってきた。代わって旦那さんが風呂場へ行った。

　外風呂では馬吉が薪をくべ手桶にうめ水を用意していた。三人の男衆は風呂に入り終わると夜食の膳に着いた。

　風呂から上がって着替えた旦那さんはおなごしに持ってこさせた二合徳利を、

「ご苦労やったない。明日は田の草取りもせにゃならんばってん、山抜けの後始末がどがんなるかわからん。一口飲んで寝るがよか」と男衆の前に置いた。

　この山抜けで母子が家ごと土砂に押し流された。皆口々にこりゃあとても生きちゃおらんばいと言っていたが代官所のお役人は、

「人命が第一だ。しっかり探せ」

　と命じた。周囲の村からも人が出たが鋤や鍬のような道具だけではかばかしく掘削を

進められなかった。馬車や牛車を通す道も埋まっていた。

この山潮に続き強風、豪雨で、領内山付きの村々は大小の木々が根こそぎ押し倒され、おびただしい土砂とともに流れ出し、田畑を埋め橋も堰堤も濁流に流されていた。

村々の長老も口々にこんな災難は初めてだと言い腰を抜かした者さえいた。古来まれなる大変とすぐにお国に知らされると、

「天災にしかり。百姓どもはさぞ難儀している事だろう」

と大殿さまは御用銀を使うことを赦免した。領内の老若男女総出で流れ込んだ土砂の除去に励んだ。

水にいたぶられた翌年は旱魃だった。幡崎村の南の原村《はる》は、原の村下はびっき（蛙）がしょんべんしても大水《うみず》が出ると言われていたが、水不足で苗の根付きが悪く、百姓同士の融通しあいではどうにもならず、代官所の役人が領内を回り苗のやりくりに苦渋した。

田植えは田起こしから代掻きと人も牛馬も終日働く。

馬吉が二人の加勢人と苗取りをしているとき、下の方から雨でもないのに蓑を着け頰かぶりに甚八笠をかぶった男が、鍬を担いで畔をとっととっととやって来た。

その様子で今から何が起こるか分かっている二人の加勢人は、顔を伏せて無言で苗をとっているふりをしているが、全神経を背中に集中させて男の挙動をうかがっていた。馬吉は苗の束を両手に提げたまま振り向いて男を見た。男と目が合った。

男は「何をっ！　こん畜生」というそぶりで鍬を持ち直したが、馬吉が表情も変えず

突っ立っているので、苗代田の横の溝にはめてある苗田に水を上げるための板井手を、思い切り鍬ではね上げて壊すと無言で去って行った。

「えすかったぁ」と息をつめて成り行きを窺っていた加勢人たちは肩を震わせた。

「えずかったぁ」「殺されるかと思った」と訴える加勢人たちに、旦那さんは、

「田植え時は百姓には水の一滴は血の一滴と同じで稲の出来を左右する。田に水が掛かるのは昔から決まった水道《みずみち》があるとばってんこがん雨が降らんと誰もが狂ってくる。お前たちと一緒にいたのが馬吉で良かった。寅助や松二だったら血を見る大ごとになっとったかもしれん」

　と言い、隣の庄屋に抗議にいくという正治郎さんに、

「こげん雨が降らんと待っとられん。水車を踏むにも、川に肝心の水が流れとらん。川の真ん中にはこの梅雨時に州が出来とる。ここら辺はどうにかこうにか田植えができるばってん、明日は我が身と言うこともある」と言って引き止めた。

「いつもなら山付きの河内で六月の二十日から植え始める。幡崎で二十四日、今日は二十六日じゃけんどうにかこうにか間に合ってるばってん、下野や江島は例年通り七月に入っても田植えにはかかられんじゃろ」

　上の田んぼから徐々に水がかかって植田が広がる。旱《ひでり》でなければ植え終わったばかりの田は、苗が風にそよいで見渡す限りの水を張った田圃は、日の光を跳ね返し雲を映している。頼りなさげに風を通していた苗は、やがて分蘖《ぶんけつ》してたくましく育ち秋の収穫を迎える。

雨が降らなければ分蘖どころか立ち枯れする苗もあり、たまに夕立がきても雨水は田圃の地割れに吸い込まれて苗に生気をもたらさない。

今度の地震による土手の崩壊は洪水や旱魃と違って数日で修復の目途を立てやすい。稲田に影響はない。人々は誰かが発する軽口に合いの手を入れたり笑ったりしながら作業した。

大八車から握り飯が入った入籠《いれこ》やいくつもの麴蓋《もろぶた》を下ろす馬吉に横を行き来していた村人が、手を貸しながら、

「馬吉、よか若い衆になったない。お前と一緒に手習いしていたうちの総領の忠助ば覚えとるかい？　その忠助は田代の薬屋に年季奉公に出とるし、かどやの三男坊は番所川の向こうへ大工の見習いに行っとる。わたやのドラ息子も口減らしに園部の庄屋さん方に駄桶《だおけ》ころばし（牛馬の世話）行くげな」と馬吉の手習い仲間の近況を伝えて去った。

へえと応えながら馬吉は二番茶、三番茶で淹れたお茶が入った徳利や水を入れた手桶を平らなところに並べた。こう暑くては各自が家から持ってきた竹筒に入れた水だけでは間に合わない。

川と採石場を一日何往復もしているアオは埃まみれだった。馬吉は夕方川でアオを丹念に洗ってやった。

地震で心配された悟助は不行跡の廉《かど》で処替えを言い渡されて、園部村から幡崎へわずかに所有していた田畑も没収されて移ってきた。数日は庄屋の納屋で寝起きしていたが山下

川の土手下になんとか雨露が凌げる小屋を建てて越して行った。出てこいと声は掛からなかったが悟助は公役に出た。女房や老母たちは埋め立てた土石をタコで突き固めるつこつこに出た。握り飯を食いに来たかと嫌味を言う者もいたが、旦那さんは、

「いつ園部村に帰られるか分からないのだから何を言われても耳を塞ぎ口に閂《かんぬき》をしとけ」

と諭した。

悟助の家には中気で寝込んでいるじいさんがいた。

田植えや稲刈りの繁忙時、足腰立たず、一人では飲み食いも排泄もままならないじいさんの世話に難儀していた。ある時、門付け化他《けた》に回ってきた旅の僧侶が寝ているじいさんを見て、筑後の国生薬《うきは》郡《ぐん》大生寺の撫で仏さんに参るといいと教えてくれた。

じいさんの世話はばあさんに任せて悟助は女房と嫁入り前の娘をつれて大生寺まで撫で仏を詣りに行った。

溝川にじいさんが汚したおしめを洗いに行ったばあさんが戻ってくると、門口に園部村の庄屋さんが待っていた。

「隣の平太郎から悟助ん方は誰もおらんごたると言うてきた。見にきたらものも言えないじいさんが一人寝ていた。いったいどげんしたとな」

「じいさんの中気が治るごと皆で参りに行っとります」

「ひょっとして筑後の撫で仏さんな」

「あたしゃようと分かりまっせん」

悟助たちは三日で帰ってきた。宿に泊まるようなゆとりはなかったので、日頃農作業で鍛えた足腰でひたすら歩いたのである。

悟助たちが大生寺に参ったことは瞬く間に広まっていた。じいさんは悟助たちが帰ってきて間もなく死んだ。

口さがない者はじいさんが早く良くなるようにではなく、早く死ぬようにと参ってきたとばいと噂しあった。

延宝三年田代代官所に副代官として着任した賀嶋《かしま》兵助様は植林、治水、養蚕と農民の生活の向上に力を尽くし、三十三か条の壁書を残された。

その中の一枚の核となる言葉、

『邪仏に参りて道理なき幸を求めざること』は今も生きていたので、早速悟助の大生寺参りを代官所に届け出た。

早く死ぬようにと祈っていないと言う悟助の言い分は認められたが大生寺の撫で仏参りには家族ぐるみの所替えが申し渡された。

賀嶋様の壁書きには、

『筑後の国生葉郡の大生寺に行基が作った賓頭尊者の木像あり、貞享元年中春のころ此の仏を紙で撫ぜてその紙で撫ぜればどんな病気も忽ち治ると言って毎日東西南北の隣国から馬、駕籠、歩行で競い合って参る男女は幾万という数知れなかった。ご領内からも参ったと聞き届けた。二月二十八日夜俄に御触れ状でご領内から筑後大生寺の撫仏に参詣したもの或いは行こうと準備しているものがいたら村は庄屋、町は別当の責任で代官所に出頭せよとの………』

この御触れの発端は田代領から男女四十二人が大生寺に参詣したという話がお代官の耳まで届いたことからだった。村々は庄屋、町は別当、が付いて出頭した四十二名を、帳面に記し病名もその名前の上に書き付け、その後一人ずつ召し出し病気は治ったかと訊ねたら病気が治った者は一人もいなかった………。

『真実に祈り候得ハ相叶ふ事もあり、何者にても罷る事毎に叶え給ふ仏はなきものなり』と喝破された。賀島様の教えは賀嶋様去りし後も庄屋を通して下々まで行きわたっていた、筈だった。苦労して筑後の大生寺まで往復したのにじいさんは死んだ。

悟助はわずかに所有していた畑も小作田も没収されて小作農のそのまた下の水呑みに落ちた。

大地震の後いくつかの大風が吹いたが幸い大きな被害はなかった。

小作農は地主に小作米を納める。自作農や地主は領主に年貢米を納める。代々それが当たり前と思って炎天下で田の草を取り、寒風にさらされて麦を踏む。年貢米を納めたらもういくらも米は残らない。

「よかなぁ殿さんは、なあにもせんで米の飯が食えて」

と嘆きたくなるのも当然だが、代官所に聞こえたら大ごとになるぞ。処替えどころか島送りになるかもしれんと袖を引かれた。島送りになったら刑期一杯対馬やその周辺の島で重労働を科せられて親の死に目にも会えない。

年貢米を定められた皆済期限の十一月十五日までにどうにか納めることが出来た。年貢は課せられる中で何よりも重責で優先した。

旦那さんも代官所の役人と村人が三棟の郷倉に米を運び込むのに立ち会った。

収穫前代官所の役人が検見《けみ》にくる。百姓はそれを坪刈とよんでいるが、一坪でどれだけの米が穫れるかを調べて年貢と言う課税対象を量る。今年は総量で高百九十五石四斗四升と査定された。その百九十五石四斗四升が郷倉に収まった。

役人は重い扉を閉めて鍵を掛け封印した。三人の役人は旦那さんや百姓に、

「ご苦労であった」と馬上から声をかけると馬首を西へむけた。

「どうもご苦労様でございました」と膝に手を置いて深々と頭を下げた旦那さんはそのままへたへたと座り込みそうだった。

旦那さんが郷倉から引き揚げてきたので馬吉は日吉神社に供えた赤飯を下げに行った。野良犬が二匹うろついている。社殿に上がる石段にぽつんと腰かけていたほいと（乞食）は馬吉を見ると跳ねるように立ち上がった。馬吉は神前から重箱を下げてくると、ほいとが差し出した塗りのはげた重箱に赤飯を移してやった。

いつからか社殿の床下に住み着いた年取ったほいとは、何度か宮総代に追い出されたがなんとなく居座ってしまった。代わりにというわけでもあるまいが、毎朝社殿の前を掃いて草を抜いている。ずいぶん前あねどんが下げに行った時、

「お宮さんのほいとは扉の格子の隙間からじいっと神さんの前のお赤飯を見とった。あたいば見たら恥ずかしかったとやろな、照れ笑いしてあっちへ行った」

と話しているのを聞いた年寄姿しゃんが、

「誰でんひもじかとはつらか、匂いだけとはむごかことばしたな。握り飯は持って行ってやらんな」

と言ったので、ほいとはあねどんが持ってきた今年米の赤飯の握り飯を、塗りの剝げた重箱で受け取った。それ以後ほいとは初冬、赤飯の匂いがただよってくると重箱を持って石段に座って待っている。

取り入れが終わった田圃は基肥《もとごえ》に腐熟した馬屋《まや》ん肥を梳きこみ麦を蒔く。畑では蚕豆《そらまめ》、豌豆《えんどう》を蒔き、里芋や粟、秋そばの収穫が続く。

総戸数四十二戸の村落に正月が来た。

馬吉は旦那さんの奥さんから新しいネッツデ（筒袖）と股引きをもらった。今まで着ていたネッツデは肩に幾重にも接ぎが当たっている。夏は単衣の袢纏、冬は膝が隠れる丈の袷のネッツデと朝鮮木綿の股引き、それにあねどんが綿を紡いで織ってくれた六尺をもらう。

時々は旦那さんの三人の息子のおさがりをもらうこともある。今年は打ち直した綿が入ったふかふかしたどんぎん（胴着）も付いていた。古いどんぎんは窮屈になって脇の下がほころび綿が少し見えている。

朝鮮木綿は代官所から下賜されたものである。旦那さんは庄屋としての善行で、時々三百文、五百文の鳥目《ちょうもく》や二匹、三匹と朝鮮木綿を賜っていた。賜った木綿の何匹かを紺屋に染めに出して、股引きを作って納屋に住み込んでいる男衆にやる。小作人には小作米の運び入れが終わった時「ご苦労じゃったな」と反物で渡す。旦那さんも代官所に行くときは羽織袴に大小の二本差しだが、普段は股引きを穿き尻端折って田圃を見回っている。

ある時、領内の見回りをしていた代官所の役人が、田んぼで働いている旦那さんを目にした。そのことを役人は、代官所日記に宮浦西村庄兵衛、長野村庄屋勇右衛門、幡崎村庄屋宅左衛門、庄屋の重責にありながら自らも田畑で汗を流していると書き、感心感心褒めて遣わす——と、それぞれに三百文を下げ渡した。

代官所から帰ってきた旦那さんから渡された袱紗に包まれた鳥目を押し頂き、

「旦那さんが男衆たちと一緒に田ん中で汗水流しておんなさるとを、ちゃんと見る人は見てくれとるとですな」

と言いながら着替えを手伝う家人に、旦那さんは、

「四十軒ばかりの大方は小作のこおまか村で百姓たちの上に庄屋でございと胡坐をかいていてどうなるものか。一昨年の旱魃の折、どうにかやりくりしてお救い米の申し出をせんですんだのも、みんながよう儂の言うことを聞いてくれたおかげだ」

着替えを終えた旦那さんは神棚に頂いた鳥目を供えて拍手を打った。

年の暮れは馬吉も大忙しだった。厩の藁を敷き替え、今年は寅助の手ほどきで作ったしめ飾りを厩、牛小屋、鶏小屋に提げた。

二十九日に搗いた餅は苦の餅と言って忌み嫌う。

二十八日が正月の餅つきと決められていた。

馬吉はひと提げの小餅と五尾の塩鰯を悟助の家に届けた。

「有難うございました」「庄屋さんによろしく言うて下さい」と口々に言うのに、馬吉はいつものように、「へぇぇ」とだけ言い残して帰ってきた。

絞めた鶏の羽根をむしるのも馬吉の仕事だった。あねどんはいつもより大量の粉を捏ね鉢で捏ねる。捏ねた麦粉を四半刻の余もしこしこ踏んでコシをだすのもこれまた馬吉の仕事。うどんのゆで汁は駄桶に溜める。

押しつまる少し前、馬吉は松二について神辺の車屋に車力に小麦や蕎麦を積んで粉挽に行った。車屋と呼ばれる一帯は一つの水車の両脇に建てた小屋が全部で十六軒あり、一つの臼に娘の搗き手が三人昼夜交替で搗きそのほか馬車で運搬する男衆がいつも一人いた。

筑後小郡あたりからも馬や車力で運んできて夜通し待っているので、馬小屋もあるし、うどんを食べさせる店までできている。

粉の挽賃は現物でほぼ一割が普通だったが一番挽、二番挽、三番挽でそれぞれ少しずつ違った。一割と言いながらどうもそれ以上いるらしいこともあった。

一番挽の最も上質の白い粉をハナ粉と言ってうどん、そうめん、落雁の原料に、二番挽、

ているがスエ粉をそば粉に混入させているという噂もあった。
車屋は鬼商売人の子（粉）を取って食う。と囃されているがスエ粉をそば粉に混入させているという噂もあった。

普段粉物はその時々の野菜と一緒にスエ粉で打ったうどんを煮込んだ煮込みうどんかおつけだご（団子汁）だが、つごうの晩（大晦日）にはハナ粉で打った真っ白なうどんと丸々一匹の塩鰯。真っ白くつやつやと茹で上がったうどんを、好みでそのまま生醤油ですする。通は生醤油ですするのがうどんを食する醍醐味だと言うが、馬吉は長いうどんの先にちょいと生醤油を付けてすすするのは不得手だった。薄く切った蒲鉾とちくわが入ったかけうどんを食べていると松二が、

「まだそげな子供んごる食べかたばしとるとかい」とからかった。

旦那さんは寅助たちに酒を注いで一年の労をねぎらった。そして、

「馬よ、お前もようがまだしたな。来年は十四かい、十五かい」と尋ねた。馬吉が口の中のうどんを飲み込もうともごもごしていると横から松二が、「十五じゃなかか」と口を出した。

旦那さんはそんな松二をちらと横目で見て、

「ほう、十五かい。お前に乳を飲ませてくれたお光が死んで十二、三年経つとたいな。お光のことは覚えてるか」と訊かれた馬吉はあんまりと首を振った。

「そうじゃろうな。やっと歩き出したころじゃったけん。十五なあ」

と嘆息して、「そろそろ月代を剃らんばたい」と馬吉の頭に目をやった。馬吉はあねどんにもらった古い元結を使って長く伸びた毛髪を後頭部で括っていた。藁の上に寝るからいつも藁くずが付いている。

「ごはんもまだありますばい」とあねどんが竈の前から声をかけてきた。

「鰯がもうちょこっと残っているけんそんならご飯をもらおうかな」と寅助が言うと、松二がすかさず、「そがんとば姫方坊さんしゃあ余ったというとたい」

と言う。それを聞いていた旦那さんは、

「お前たちは何ば言いよるとかい。お前たちはしゃあ（おかず）があまったけんもう一口と体よくご飯のおかわりをたのんだと思ってるだろうが違うばい。いろはしか読み書き出来んお前らには、菜《しゃあ》も才《しゃあ》も区別が出来んやろ。あのな姫方の戒圓寺の坊さんのしゃあは知恵者の才《しゃあ》ばい」

松二はご飯を掻き込みながら一瞬目を上げて、へえと神妙な返事をした。

「おいが一人で飲んだごたるね。よか気持ちになった」

と寅助はねっつでの打ち合わせを押し広げて手を煽って胸元へ風を入れた。

「今年最後たい。一節どがんな」と囲炉裏端から年寄婆しゃんが寅助に言った。流しの方からもあねどんが、「久しぶり聴きたかな」と口を添えた。

「そうなぁ、のぼせ者のごたるばってん、そんなら一節」と寅助は背筋を伸ばした。そして、一息ついておもむろに歌いだした。

〽腰の痛さよこの田の長さ
四月五月の日の長さ
何の因果で百姓習うた
夏は田の草秋は夜白よ
好いて回れば泥田の水も
飲めば甘露の味がする
聞きほれていた皆は一瞬間をおいて大きな拍手をした。
「寅しゃんの歌はいつ聴いてもほれぼれするな」と婆しゃん。ひとつ大きく息をして寅助は、
「宮ん下の田はほんなこて長かぁ。いい加減植えてきて腰を伸ばして後ろを振り向いてがっかりする。畦はまだまだ向こうにある。植えるも刈るも鳫爪《かんつめ》打つも、とに角長かなあ」
とまるで田植をしているように大きなため息を吐いた。
住み込みで男衆をしていた寅助は所帯を持って、今は通いの男衆をしながらわずかだが小作もしていた。分けてもらった畑では多葉粉の栽培をしている。
床の間に臼、升、秤を供えてお重ねを置いて臼休めさせた。
物言わぬものから先に食わせろと常々いわれているから、馬吉には元旦早々牛馬や鶏に餌やりが忙しい。藁や草を押し切りで刻む。夕べやったうどんのゆで汁はすっかり飲んで

いた。

　桶を洗ってなみなみと水を入れる。

　ほっとするのは元旦一日だけだった。翌二日は、二日起こし、新しい年の仕事始めで夜明け前から起き出して藁細工をする。女たちも機織りかれこれと忙しい。馬吉の受け持ちは先ず藁打ち。納屋の隅に埋められている平らな石に藁束を置き横槌で叩いて柔らかくする。石は硬いから、すとんと落とした横槌を跳ね返して作業を楽にする。藁は柔らかく打つほど縄にすると強靭になる。若旦那さんや男たちはすでに、常々夜なべで綯っておいた藁縄を使って蓆《むしろ》や俵を編んでいる。

　蓆織は機織りと同じで筬《おさ》を使うから要領がいる。馬吉の手にかなうものではない。馬吉は誰かがもうそのくらいでよかと言うまで藁を打った。

　つぎは足中《あしなか》（踵までないわら草履）を編む。手が空いている者はせっせと足中を編み細縄や荷編を綯う。

　蓆織に続いて牛馬に犂《すき》を曳かせる犂綱綯いも力や技術がいる。寅助は藁細工に長じている。正治郎さんは寅助について犂縄綯いを習っていた。

　諸々の作業が一段落するころ村の子供がやってくる。口々におめでとうございますと挨拶するのへ旦那さんは、

「おうおうおめでとうさん」

　と返して今年数えの七つになって初めてやって来た子供には、お年玉と言って手習い帳

を渡す。

農閑期に旦那さんが読み書きを教える。読み書きできるのはいろは四十八文字だが、自分の名前の漢字は読めるし書ける。それぞれの子供の資質で、みみずがのたくったような字の子も、上手に書ける子もいる。旦那さんの目標はまずはいろはを読み書きできるようになることだった。それ以上学びたい者、それなりに余裕のある家庭の子供は戒圓寺の寺子屋へ行く。

馬吉も旦那さんからいろはを習った。ちょっとゆるっとあるもんなと旦那さんが言う馬吉は、手が空いているときは広い納屋の二階の手習い場でおもやいで使う硯の墨をすったり、手習い机を並べたりする。馬吉を馬っと呼ぶ子供がいると旦那さんは叱る。

「馬吉はお前らより年上ぞ、お前らは家であんちゃんや、あねしゃんを呼び捨てにしているか。今日はよか言葉を教えてやろう」と白紙に黒々と揮毫した。そしてこれは、

「騏驥《きき》の跼躅《きょくちょく》は駑馬《どば》の安歩《あんぽ》に如かずと読む。優れた馬でも愚図ぐずしていればのろい馬がたゆまず歩き続けるのには及ばないということばい。いろはが読み書きできるけん、馬吉より賢いと思うて油断しとると、馬吉はここにある論語は全部読めるごとなるかもしれん」

と諭した。実際馬吉は旦那さんが手習いに使っている論語のいくつかは諳んじられる。馬吉が読める漢字は名前の馬と吉だけである。旦那さんの孫や、農閑期にやってくる村の子供たちの素読を繰り返して聞いていて覚えるのである。

「しいわく、まなんでときにこれをならう——しいわく、こうげんれいしょく、すくなしじん」

しが何でじんが何かは分からないけれど、言葉は耳から入ってきて蓄積される。が、諳んじられるだけである。

「論語読みの論語知らずて言うばってんお前のことはどう言えばよかとかなあ」と旦那さんを悩ます。間延びした馬面をつくづく眺めて旦那さんは、

「あの時親子に良かれと思ってあわてて名前を付けたのが悪かったとじゃろか」

と悔やむ。子供たちは馬面の馬吉とからかう。

「ゆるっとあるけん言われたことはこつこつやるばってん、ゆるっとあり過ぎるなぁ」

と旦那さんはため息を吐く。

一月十五日は馬吉に乳を飲ませてくれた奴婢のお光の命日である。墓標はとうに朽ちて今は土饅頭だけだ。

馬吉は盆正月墓の周りの草取りをして手をあわせる。

お前に乳をのませてくれた恩人だ。お光がいなかったらお前は飢え死にしているか、アオに踏みつぶされていたかもしれん。育ての親も親だから恩を忘れるな。と常々言われていた。

馬吉は捨て子だった。お光は間男の科の晒され者で、宅左衛門方に奴婢ニ被成下置として下げ渡された。

晒場立札

養父郡牛原村

平　吉

年二十九　女　房

此の女儀、まおとこかまえ、其うへ
かけおちいたし、女の道に
そむき候料により、比所に
晒し候もの也

申九月

の立札の下で一晩さらされていた。洗い晒してすっかり色が落ちた腰巻は尿に濡れた所がわずかに元の色を取り戻し、接ぎが当たった単衣の胸は乳で濡れていた。尿や乳で近づくと異臭がした。元結が緩んだ髷はぐしゃりとつぶれてほつれ毛が頸筋に張り付いている。代官所から宅左衛門宅まで四半刻足らずの道のりだが女は裸足の爪先だけを見つめて歩いていた。

裏の溝川で手足や体を洗い、家人にもらった古着と着替えた。

代官所では牛原村の平吉の女房とだけ聞かされていた。改めて名前を訊くと光と答えた。とくに器量がいいわけでもない。気立てのほどはいざ知らず、乳飲み子がいる女が駆け落ちとはちょっと信じがたかった。

竈屋《かまどや》（炊事場）に向かい合って厩があり、厩の向裏の厩座敷が女中部屋だった。ふたりのあねどんにすんまっせん、すんまっせんとおどおどしながら上がり框の際に寝た。

夜半突然の赤子の泣き声にあねどんたちは目をさました。布団の上に起き上がってややの声がするねと二人は顔を見合わせて様子を窺うよう耳をすませた。上がり框に近く寝ていたお光は、間髪を入れずに赤子の泣き声に乳がほとばしり出た胸を押さえながら、赤子の声がした方角へ出て行った。泣き声は厩からしている。母屋からは旦那さんや正治郎さん、納屋からも男たちが出てきた。暗がりの中でお光は、「善次」と叫んで赤ん坊を抱きあげた。

即座に旦那さんは、

「違うばい。お前のややじゃなか。橋の下のほいとのややたい。なあ」

と男たちに同意を求めた。みんなは戸惑い上目遣いにはあと返事した。

「こないだから腹が太かと思っていたらいつの間にかややば生んどったとばい。お光お前の乳を飲ませてやれ。ややの名前は俺がつけてやる。厩で泣いていたから、馬吉でよかろう」

「ややなのになんじゃ顔が長かな」と一人が言うと、ほかの者がくすくす笑った。

「ややは捨て子、名前は馬吉、よかな」と旦那さんは集まった者を見回して念を押した。

光は馬吉を背負って働いた。乳離れしてよちよち歩き出すとよく厩で遊んでいた。危ないと連れだしてもいつの間にか厩にいる。馬の腹の下にいることもあったが不思議と馬は蹴ったり押しつぶしたりしなかった。

風邪がもとで亡くなったお光は、いまわの床で高熱にあえぎながら、

「有難うございました。有難うございました」

と繰り返し、あかぎれで荒れた手をかささとこすり合わせながら、

「馬吉、馬吉を頼みます」ときれぎれに言い残した。馬吉二歳の冬だった。

馬吉はおとなしい子供だった。アオが荷車を曳くときは馭者がさあ、行くぞと声を掛けた馬吉をひょいと荷台に乗せてくれた。馬吉がそこらにいなくても厩にアオの姿がなかったら誰も心配しなかった。

五つ六つまでは厩座敷であねどんたちと寝た。厩にいたり守っ子の後ろを付いて回ったり、「まま食うぞ」と呼ばれて竈屋の雇人用の飯台の椅子によじ登った。

「小《こま》かとに自分の立場が分かっとるとやろ。邪魔にならんごと、邪魔にならんごと生きとる。ほんにむぞかあ」

とあねどんたちは目を潤ませた。

庄屋である旦那さんの家族とはもちろん同等ではない。しかし、雇人と一緒に働いているがどこか雇人とは扱いが違う何とも言えない立場で馬吉は成長した。使用人や周囲の者は、馬吉を見る旦那さんの眼差しに、馬吉の愚鈍や失敗を許容する温もりを感じた。だから馬吉をあからさまに笑ったり、侮ったりしなかった。

六十九歳になった旦那さんは庄屋を退くことになった。

馬吉は二十五歳になっていた。

アオは馬齢二十六歳を過ぎた。人の歳に直せばもう七十半ばに近い。難なく重い荷を曳いていた頑丈な体も背骨が浮き、歯が抜け視力が落ちた。

視力が落ちても馬吉の声や匂い、足音を覚えている。馬吉が近づくと小刻みに前足で土を掻きながら頭を上下させて甘えた声で鳴く。

馬喰が新しい馬を連れてきた。代わりに働けなくなった馬を馬喰に渡すのだが、旦那さんは新しく厩を作った。馬吉は二頭の世話をした。時々厩を見にくる旦那さんは、

「おお、お前も馬吉に可愛がってもらえ」と新しく来た黒のクロに声を掛けた。

もうアオは田起こしも郷蔵の年貢米を積んでの峠越えもできなくなった。

「穀潰しを飼っておかんでも」

と言う正治郎さんに、旦那さんは、

「アオと馬吉は兄弟みたいなもの。良かじゃなかか。世話するのは馬吉、エサは藁と草、草は馬吉が毎朝刈ってくる」

と意に介さなかった。

アオが立ち上がるのにも難儀する様子を見せ出してから、馬吉のお腹が膨れだしてきた。辛そうに肩で息をしている。一日の大半を足を折って座り込んでいるアオに凭れている。誰が見ても馬吉が腸満をわずらっているのは明らかだった。

出療治に来た医者どんは袢纏をはだけて妊婦のように膨らんだ馬吉の腹部をなぜ擦っていたが、「肝の臓がなあ」と首を振った。

腸満は筑後と境を接している肥前の東部地域に見られる病だった。原因はわからないが腹がどんどん膨れてくるから腸満と呼ばれる。死者も出る。

医者どんが肝の臓がなぁと言って首を振った翌朝から旦那さんのシジミ採りが始まった。土用のシジミは腹薬と言われ特に肝臓に効く。朝飯前、鋤簾《じょれん》を肩に担ぎ先無ししょうけを抱えて帰ってきた旦那さんに、

「おとっちゃんがシジミ採りに行かんでも、誰か納屋の男衆にさせんな」

と正治郎さんは顔をしかめる。旦那さんは、

「男衆には田ん中や畑の仕事がある。馬吉の事で早起きはさせられん」
と採ってきたシジミを井戸端でごりごりと洗いシジミを入れた桶を内流しに運んだ。

老衰で動けない馬アオ、腸満で死期が迫った馬吉に旦那さんがこまめに声を掛けにくる。が、どちらも手の尽くしようがない。

家人は厩で死なすのは可哀そう。世間体もあるからせめて厩座敷にうつしたらと言ったが、旦那さんは、

「よかよか、どんなに立派な座敷より、金きら金の布団より、馬吉は厩でアオに抱かれて敷き藁に埋まって死ぬのが本望たい」

とは言ったが昔手習いに来ていた村の子供たちが、馬吉にこれ見よがしに鼻をつまんで「臭か臭か、馬屋《まや》ん肥《こえ》臭かあ」と囃していたことを思い出した。

馬屋ん肥は、厩や牛小屋や牛糞馬糞に落ち葉や灰などを混ぜて置いておくと発酵し腐熟して田畑の大事な基肥になる。冬は発酵して熱を帯びた堆肥の山から湯気が昇っていることがある。馬吉は厩や牛小屋の敷き藁や牛馬糞を運び出し、竈屋から出る野菜くず、抜いた雑草などをまめに混ぜ込んで堆肥の山を作っていた。

厩には肥溜めが掘ってある。三尺四方で深さ二尺。馬が踏み破らないように二寸厚みの板の蓋がかぶさっている。馬糞はころころとしていて拾い集めやすい。男衆が、肥溜めに溜まった馬の尿を汲みだして堆肥の山に掛けるのを手伝っていた。

旦那さんは男衆たちの手を借りて厩の敷き藁を替えた。

旦那さんの庄屋としての最後の仕事は、代官所が領内の八十歳以上の男女の面附を行うから届け出よということで、戒圓寺の人別帳から拾い出し実存を確かめることだった。

幡崎村には伝平の親の吉兵衛八十歳と、宅座衛門の母八十七歳のふたりがいた。八十歳以上は領内には男五十六人、女六十五人の都合百十一人だった。最高齢者は園部上村の善九郎の親の九十三歳だった。

「大事にせよ」

という大殿様の代読と対馬の銘菓かす巻きを賜った。かす巻きはカステラの生地であんこを巻いたお菓子で、参勤交代で江戸から帰ってきた一行の疲れをいやすために考案されたというお菓子である。かす巻きは先ず、神棚と仏壇に供えられた。子供たちは神棚の下や仏壇の前で、うまか匂いがする。よか匂いがすると鼻をひくひくと動かした。

「そがん鼻の穴をおっ広げてお前たちは鼻の穴からかす巻きば吸い込むなよ。年寄り婆しゃんが殿さんからもろたとじゃけな」

と言っている政治郎さんを見ながら、

「こがん楽しみにしとるとじゃけん子供たちに早よ食べさせんな」

と年寄婆しゃんが笑いながら言ったので子供たちは飛び上がって喜んで、

「そがんびんこしゃんこして埃ば立てるな」

とまた叱られた。

「馬吉はどげな風かい」

と年寄婆しゃんが旦那さんに尋ねると、旦那さんは、目を伏せて軽く首を振った。

「そうな、もうつまらんな」

と年寄婆しゃんも声を落とした。そして、

「馬吉にもかす巻きは食べさせてやらんな。冥土への土産たい。働くばかりじゃったけな」

と言ったので、

「折角おっかしゃんが貰ったとばってん」

と旦那さんはかす巻きをひとつ皿に取り分けて貰うと厩へ行った。

馬吉は座り込んだアオの背中に両腕を投げ出してもたれかかっていた。

「どうかい、飯は食ったか、蜆の味噌汁は吸うたかい」

と顔を覗き込むと薄目を開けて旦那さんを見て、「へえ」と返事した。

「あのな、これは殿様のお膝下の対馬で作ったお菓子で、年寄婆しゃんが長生きしてるというて褒美にもろたとたい。年寄婆しゃんが馬吉にも食べさせろていうてくれたけん。長生きを褒められて貰ったお菓子を食べて、お前も婆しゃんの長生きに肖らんと」

と旦那さんがかす巻きを載せた皿を見せると、馬吉は、

「へえ」

と言って薄目を開けてかす巻きを見た。

ほらと手渡されたかす巻きをへえと受け取って、大人の男なら二口か三口で食べてしまいそうなお菓子を馬吉は端から舐めとるように食べている。

「旨かかい」

「へぇー」

「婆しゃんによーとお礼ば言わにゃ」

「へえ」

土瓶にお茶を煎れてきたあねどんは馬吉が手にしたお菓子を見て、「おだーい、馬ちゃんな珍しかお菓子を持っとるね」と目をむいた。

「珍しい物だからたしなんで食べるともよかばってん、卵がごおほん入っているげなけ、悪くならないうちに食べてしまわにゃ」

と旦那さんは馬吉の体に掛けてあるネッツデを掛けなおしトントンと叩いて立ち上がった。

馬吉にもう何かをむさぼり食べる力はなかった。土瓶の注ぎ口からお茶を一口飲ませてあねどんも竈屋へ去った。

実は年寄婆しゃんが殿さまから褒美をもらうのはこれで二度目だった。ずっと昔、「幡崎村総五郎女房儀、平生から人柄も良く女として家業に精出し子供を育て舅姑に懇ろに仕え家内相和しているのは偏に此の女が志し神妙だからだ」

と言うことで褒美に鳥目五百文を賜ったことがある。

朝、目覚めた旦那さんは真っ先に厩へ来た。声を掛けると必死で首を上げようとしていたアオは呼んでも動かなかった。

おい馬吉と傍によっても馬吉はああ、旦那さんとだるそうな声を出すことも目を開けることもなかった。

ヒヒーンと言うアオのいななき、アオアオという叫び声を聞いたのは空耳ではなかったのだ。

多分あの刻、馬吉とアオは病苦や老躯のやりばのない苦痛や倦怠から解放されたのだ。馬吉もアオもよう働いた。馬吉、もうお光におっかしゃんて言うて甘えてよかばい、ごおほん甘えろと呟いて馬吉の頬に張り付いた藁くずを取った。

お光は代官所から生涯奴婢として下げ渡された身分だったから、寝所の厩座敷で枕経だけで埋葬された。馬吉は年寄婆しゃんが、

「座敷で葬式をしてやらんな」と言ってくれたので、小作の夫婦や男どん、あねどんなども座敷に安置されている馬吉に焼香した。

「お前も寂しくなったろうばってん、あたいもなんじゃ胸のあたりがこうぽかっとなったごとある。実家《さと》へ行くときもお寺参りに行くときも馬吉が付いてきてくれた。なんば言うたっちゃへえとしか言わんじゃったばってん、それがよかったとたいなあ。何を見ても、

聞いてもなぁんも言わん。馬吉はどれだけ他人様が吐いた恨みつらみや愚痴悪口を、己の腹の中にため込んどったやろか」

と年寄婆しゃんは旦那さんにつぶやいた。それを聞いて旦那さんは思わずぽろりと涙を落とした。

そして、

「ありがとうございました」

と年寄婆しゃんに手をついて頭を下げていた。

湯濯をして旦那さんが月代とひげを剃った。少し俯き加減に座棺に収まった馬吉に、

「おだぁい、馬ちゃんなこがんよか男になって」とあねどんは泣いた。

馬吉はお光の横に埋葬されて小さな墓石が建てられた。アオは二人と少し離れた所の土中深くに埋められた。そしてその上に一本の桜の若木が植えられた。

姫方坊さんは馬木に、『釈唯夢位』という戒名をくれた。ちょっと珍しい戒名だったので旦那さんが、

「こりゃどげな意味があるとですな」

と初七日のお経を上げに来た坊さんに訊ねると、坊さんは、

「唯とは何ともないこと、取り立てて言うこともないさま、夢は論語の古訓に聖人無夢というのがある。聖人は心正しく雑念がないから安眠してつまらない夢を見ることがないということ。馬吉もひたすらアオの世話に明け暮れ、言われた仕事はこつこつとやり遂げて

いた。人を出し抜くことも、貶めることも考えんじゃったろう。『今』を全うしてつまらん夢は見らんじゃっただろう」

　と言うと押し戴いたお布施を袂にしまい、もう一度なまんだぶなまんだぶと数珠を繰ってたちあがった。

　旦那さんは「はあ」と返事をしたがすとんと胸にはおさまらなかった。

　馬吉は夢を見たのか見なかったのか。いや夢にも二通りある。夜寝て見る夢、夢寐《むび》と、ああしたい、こうなったらと心に描く夢想の夢と。

　考えたが分からない。旦那さんはあわて立ち上がって坊さんの後を追った。上がり框で草履に足を載せた坊さんに背後から、

「どうもありがとうございました」

　と礼を述べた。家人も両手を膝の前について深々と頭を下げていた。坊さんが出て行くと、家人は旦那さんを振り返って、

「馬吉もアオも一度におらんごとなって気落ちしなさったでっしょ。ばってん正治郎が庄屋として立派にお役目が果たせるごとしっかり後見して下されな」

　と声を掛けた。

　旦那さんは白髪が増えた家人の小さくなった髷を見下ろして、

「お前にも色々世話かけたな。なしてこげん馬吉のことが気になったかよくわからん」

「孫たちも子供のころは、じじしゃんな俺たちより馬ちゃんの方が可愛いとじゃんと言い

よりましたもん」

「誰でも可愛か」と呟くように言って、

「一昼夜晒されて、ぼろぼろになったお光を見た時、間男をした女をかばうわけではなかばってん、お役人もなんじゃあむごかこつばさっしゃるなあと腹が立ったとたい」

「ほんなこと、あの時のお光は汚くて臭くて、どげんなるかと思いましたもんな」

「乳飲み子を持て余して捨てに来たお光の亭主にも腹が立った。誰よりも先に赤子の泣き声に飛び出してきたお光、その時捨て子はお光の子だと思った。ばってんお光の子だと届け出たら、お役人はよしよしお光に育てさせろとは言わんかったじゃろう。だから橋の下のほいとのややで押し通した。小作農のおっかが、お役人の前に引き出されて、何を言えると言うとか。なんの申し開きもできんじゃったろ」

「お役人に一矢むくいたとですたいね」

「うんにゃ、そがん立派な事ではなか。ばってんそれでお咎を受けるようなことがあったら、みんなにも迷惑をかけることになっとった」

「何事もなくてよかったですな」

「ああ、まかり間違えばお役を罷免されるだけではなく所替えか島送りになっとったかもしれん」

と深い息を吐いた。

座敷ではあねどんに手をとられて、「どっこいしょ」と立ち上がる年寄婆しゃんの声がしている。

参考文献　田代代官所日記抜書・鳥栖の民俗

# 川ん上居の家

「東の方じゃ朝から雷さんが鳴りよる」と村の人が笑うほどが鳴り立てる父親の声で目を覚ますと、もう家中に味噌汁の匂いが満ちていた。

五三郎はしまったと跳ね起きた。兄の周蔵も姉のみどりもとっくに起きて草刈りに出ている。周蔵が、

「五三郎起きらんか」と足もとを蹴っていたのを夢うつつに感じながら、つい又うとうとと眠ってしまった。

五三郎はあわてて起き出すと、すぐさま納屋から草刈り鎌をとって、家の前の土手を駆け上り川下の方に走った。

周蔵の姿を見つけてそばへ行くと、もう大きな草の束がふたつ出来ていた。五三郎の顔を見て、周蔵が「帰るばい」と一束を担ぎ上げたので五三郎も残った一束を勢いつけて肩に載せた。家につくと父親は、

「なんで夕べのうちにもっとごおほん刈っておかんじゃったか」と怒鳴った。

「ばってん夕べは雨が降りよったけん」と五三郎がいうと、

「雨が降っても、雪が降っても牛も馬も餌ば食うとじゃ」と拳骨を振り上げんばかりの怒

声を上げた。

　周蔵は知らんぷりでさっさと馬小屋へ行って、押切を使って藁を刻んでいる。五三郎はみどりが提げてきたバケツを受け取って、水桶に中身を移すと、井戸端へ行った。

　湧水が豊富な井戸は地上三尺ほどの井戸側からざあざあと水があふれている。井戸側に掛けられた竹樋は隣の義助叔父の勝手口までのび、樋の先には大きな水甕が置いてある。樋を伝って絶え間なく甕の中に流れ込む水は甕からあふれて小さな池に流れて行く。

　五三郎は井戸から直接柄杓で桶に水を汲むと、露に濡れて草きれがはりついた手足を洗って池の縁まで行ってみた。

　池の中にはうけが一つ入れてある。五三郎はかがんでうけをちょっとだけ動かしてみた。ずしりとした手応えがあって中で鰻が動くのがわかる。うけを動かしたので水の底にひそんでいた鯰が、向こうの方へ泥を巻き上げながら這うようにして泳いで行った。五三郎は満足気にうなずくと家の中に入った。家の中ではもう朝の食事が始まっていた。

「スエノも早くままば食わんとあんちゃん達に置いていかるるじゃ」と母親はスエノがぽろぽろこぼしたヒラカシ麦が入ったご飯を拾って自分の口に入れる。味噌汁と高菜漬けの簡単な朝食をそそくさと終えると、周蔵は二歳になったばかりのスエノを背負い、みどりは五歳の源一の手を引き、五三郎は周蔵や自分の教科書の包みを持って家を出た。

　出がけに父親は「こん忙しか時学校にゃ行くな。周蔵もみどりも休んで加勢せんか」とまた例の怒鳴り声を上げる。

周蔵はこの四月で高等科の二年生になった。去年小学校を卒業する時、父親は「百姓が学校行って何になるか」と言って、高等科に進むことを許さなかった。どうしても高等科に進みたいと言う周蔵に、「教科書を買うてしまえばつとしゃん（父親）も反対するまい」と教科書を買ってくれたのは母親のはるだった。

新学期、はるが手織りの布を夜なべで仕立ててくれた袴をはいて、学校へ行こうとしている周蔵を見つけて、父親が血相を変えて追いかけてきて、

「袴をはいて花婿どんのごたる格好してぬしはいったいどこ行きよるとかあ」と周蔵の肩に手を掛けた。

周蔵は父親をちらと見て目をそらすと、

「学校」とぼそっと呟いた。

「学校てんなんてんもう行かんでよかと言うたじゃないか」

「ばってんもう教科書ば買ったもん」

「そんなものは放かってしまえ」

と、周蔵の手から乱暴に風呂敷包みを奪い取ると、教科書を一冊一冊叩きつけながら道に捨てた。後から追いかけてきたはるは、黙って教科書を拾い集めると、ばたばたと土ぼこりをはらって風呂敷に包み、「早よ行け、遅れるぞ」と周蔵の手に渡した。それを見ながら、

「お前がそんなに甘いけん子供たちがのぼせる」と、ぺっと勢いをつけて痰を吐き出した。

「よかじゃなかね、朝晩は加勢してくれるし、農繁期休みもあるとじゃけん」と父親をなだめた。

母親の応援で進むことが出来た高等科だったから、周蔵は一日も休みたくなかった。田植えの準備で忙しくなると末妹のスエノを学校に連れて行った。高等科の周蔵、六年生のみどり、二年生の五三郎。五歳の源一、そして二歳のスエノの兄妹五人が幡崎《はたざき》の東のはずれから、すたすたと基里《きざと》尋常小学校へ向かう。家を出て五百メートルも歩くと村中にはいる。周蔵は背負っていたスエノをみどりに渡した。みどりがスエノの子守をしていることは百も承知で、はるは毎朝周蔵の背にスエノをくくりつけてやるのだ。

身軽になると周蔵は学校へ向かって走り出す。そしてスエノを背負ったみどりと五三郎は両方から源一の手を引いて二キロの道を登校した。

その時々の家庭の事情で幼い弟妹を学校へ連れてくる生徒がいた。運動場や教室の隅で小さな子供が遊んでいる光景は珍しくなかった。そしていよいよ農繁期になると一週間学校が休みになる。ほんの一握りの分限者《ぶげんしゃ》どんや、地主の子供を除いてどの子もみんな百姓の手伝いに忙しい。

周蔵も五三郎も朝から田んぼに出た。みどりは弟妹たちの子守の傍ら、食事の支度、午前と午後のお茶の子の準備に追われる。

田代の売薬業者のもとで配置売薬の行商に出ている長男の九市も、田植えの農繁期だけはひまをもらって帰ってくる。

隣の義助夫婦、まだに田水がかからない下の方の村からも手伝い人が来る。朝から晩まで父友平の雷は鳴り止まない。はるは田圃と家を行ったり来たりして一休みするひまもない。

みどりに食事の支度の下ごしらえをさせ、お茶の子を田圃へ運ぶ。みどりはお茶の子に握り飯や、小麦粉を水で溶き、コウラで薄くのばして焼いたふな焼きを大量に作る。源一も焼き上がったふな焼きに薄く味噌をつけて二つ折りにしてもろぶたに並べていく。

猫の手も借りたいあわただしい一週間が過ぎると、二町四反に亘る田は満々と水を張り、白い夏雲を映して、苗は頼りなげな緑を風にそよがせる。

田植えが終わった夜は手伝い人に馳走を出し酒を振る舞う。友平の雷もこのときばかりは鳴りをひそめて、

「ほんにご苦労じゃった」と九市をもねぎらった。

「やっぱり味噌醤油はかかしゃんのが一番たい」と九市が味噌汁をすすりながら言う。

「かかしゃんの味噌ならおかずは生味噌だけでよか」

はるは、「お前達がこまか時からあたいが作った味噌ば食って育ったけやろ」と応えたが、

「うんにゃ、やっぱりよその味噌とはひと味もふた味も違うぱい。馬鹿の三杯汁ていうばってん、もう一杯」と汁椀を差し出した。

はるは八歳のときから小郡の醤油屋へ子守奉公に出され、子守っ子からあねどんとなり、

十八で友平のところへ嫁に来るまで女中奉公をしていた。実際に味噌醤油造りに携わったことはなかったが、門前の小僧でいつの間にか味噌醤油造りのこつを会得していた。

「土用まで食べてしまう味噌は塩甘く、土用を越す味噌は塩辛く」と隣の義助の嫁にも手ほどきをしてやった。

手伝い人も帰り、夕食の後片付けも終わると、はるはランプの下で九市の着物の繕いを始めた。日ごろ油がもったいないと怒鳴る友平も、田植えが終わった安堵と晩酌で早々と床についた。

翌日九市は早朝から配置売薬に出る旅支度をした。久留米絣の角袖に角帯を締め、裾を虚無僧からげにして前垂れをきゅっと結び、角帯に矢立てをさした。

起き出してきた五三郎は、九市が旅支度を調えるのを眺めながら、九市の鳥打帽をそっとかぶり、黒い洋傘の柄を肩にかけ、傘の先をわきの下にはさんでぐるっと九市の周りを廻ってみる。

「そんな傘が欲しいか」

「うん、ばってん濡らすともったいなかね」

「伊達じゃなかばい。雨が降ったらさすくさい」

鳥打ち帽子に洋傘、屋号を染め抜いた紺の前垂れは、得意先を廻る番頭の、いわば制服のようなものだった。

九市は、はるが揃えた地下足袋をはくと、薬を詰めた行李を包んだ風呂敷を背負って、風呂敷の両端をあごの下で結んだ。そして五三郎が手渡した鳥打帽をかぶると洋傘の柄を肩にかけた。薬屋の番頭のきりりとした旅姿が出来上がった。はるは、九市を頭の天辺から地下足袋の爪先まで点検するように見下ろすと、

「今度も広島かい」とたずね、「何じゃい顔色が悪かごたるけん、水には気をつけろ」と心配そうにいうのに、九市は、「うん、うん」と返事をしながら、見送りに起き出してきた周蔵に、

「俺が使っていた三字書体本ば持ってきてやっとるから、それを見て字の稽古ばするとよか」というと、ではというようにはるを振り返ってから薄暗い戸外に出て行った。ほんのしばらく戸口で九市を見送ったはるが、家の中に入ってくると、

「あんちゃんが持ってきた本はこればい」と戸棚から出して周蔵に渡し、

「そこらに置いとくと、つとしゃんが破って捨てらっしゃるばい」と一言そえた。

読み書きができなくても稲は育ち、百姓仕事の合間の馬引きや臼刳り、川砂利揚げで銭が稼げるというのが、友平の世渡りの了見だった。

九市も尋常小学校だけしか出ていないが、田代の薬屋に奉公にいき、配置売薬の仕事をするようになって、売掛帳の記入のため、なけなしの小遣いをはたいて三字書体本を買い字の練習をした。今ではかなりの達筆で、九市が旅先から寄越す手紙を手本に、従兄弟の一人が字の練習をしていた。

梅雨が上がるころから五三郎は時々学校の帰りに、村の中にある薬屋に寄って手伝いをする。

鼻くそ丸めて万金丹と子供たちがはやす丸薬が、渋紙を張った浅いざるに干してある。広い空地いっぱいに広げてあるたくさんのざるを、万遍なく乾くようにゆすったり、広げたり、取り込んだりする手伝いで、日によって二銭、三銭をもらう。日曜日には二十銭ももらうことがあった。

もらった銭は家に帰るとすぐはるに渡した。

「おーお、ご苦労じゃったない」とはるはその都度押し戴く。

「かかしゃん、ようと胸の帳面に控えとって」

「あぁ、いつでも胸の帳面に控えとるぱい」

はるもまた読み書きが出来なかった。しかし、「胸の帳面に控えとる」というのがはるの口癖で、がむしゃらに働き、闇雲に怒鳴るだけの友平に代わって、友平が小郡の酒屋から博多まで荷馬車で酒を運ぶ賃金の受け取り、盆暮れのつけの支払いと、金銭に関する一切ははるがやっていた。しかも、はるの〝胸の帳面〟はきわめて確かなものであった。

田植えが一段落したと思ったらすぐ田の草取りが始まった。早朝から夕暮れまで友平もはるも炎天下の田圃を這いずり廻る。一番草、二番草、三番草、あげ草と除草するのだが、二番草を取るときにはがんづめを使って中耕をかねて草を取るので、五三郎やみどりが手伝っても、とても母親たちの半分もはかどらない。しかし、周蔵はもういっぱしの働き手であった。

田の草取りは炎天下で働くために、昼食後は皆しばらく昼寝をする。五三郎とみどりは昼上がりに家に帰ってくる途中、川で小魚の群れをみつけていた。二人はそそくさと昼食をすまし、両手で掬うカッチョタビという網とバケツを持って川へ行った。

みどりが川下でカッチョタビを入れた。五三郎は川上から魚をカッチョタビに追い込むのだが、はずみで土手を滑り下りてしまった。運の悪いことに地蜂の巣の上をすべり下りてしまったため、ブォーンと唸って蜂が五三郎を襲ってきた。泣いて逃げ惑う五三郎を蜂は容赦なく刺した。五三郎はその痛さにわんわん泣いた。蜂に刺されなかったみどりも一緒に泣き出した。

蜂に刺されたら歯くそを付けたらいいと思い出したみどりは、泣きながら自分の歯を爪の先でこすっては、五三郎の背中になすりつけた。

空のバケツとカッチョタビを提げて泣きながら戻ってくると、昼寝から覚めたはるが、

「みんなが静かに寝とる時に、遊びに出るけん罰が当たったとじゃ。五三郎、お前は日吉神社の蜂の巣ば叩いて逃げつろ？　あとから通った人が蜂に刺されたて言うて文句言いにござったばい。お前も蜂に刺されたら痛かろが。自分がされて嫌なことは人にもするな」

と言って五三郎の体を洗わせた。友平が、

「蜂に刺されたとなら小便ば付けとけ」と言いながら井戸端へ水を飲みに行った。はるは九市が置いて行った入れ薬の大きな袋から塗り薬を取り出すと、五三郎の背中にまじないていどに薄く塗ってくれた。


今年の盆は去年死んだ長女きみの初盆だった。きみは十九歳で嫁ぎ、男女二人の子供を年子で生んだが、二人目の子供が生まれてすぐに夫が結核で死んだ。きみも結核を発症した。

「子供さえ残れば肺病病みの嫁ごはいらん」と帰された。

実家に戻されたきみは娘時代村一番の器量よしと騒がれた容貌もすっかりやつれ果てていた。はるは、

「精がつくもんば食うて、じいっと寝とらにゃいかん」と大事にしたが、残してきた幼い子供たちへの思いや、

「そんなのは贅沢病だ。田ん中でがま出せばすぐようなる」という友平の怒鳴り声が死期を早めたのかもしれない。

少しずつためては売りに行っていた卵を、毎日きみに食べさせた。来客の時のとっておきの料理に使うために、いけすに入れてある鰻を焼いて食べさせたりもした。

しかし、はるの手厚い看病の甲斐もなく秋には喀血をくりかえして二十二歳の若さでこの世を去った。

幡崎の村から見ると東北の方角に宝満山や英彦山の山並みが連なって見える。その山の向こうに飯塚がある。その飯塚から冷水峠を歩いて越してくる友平の姉婿の金造夫婦が、例年盆客の一番乗りをする。五三郎の家では金造のことを山向こうのおっちゃんと呼んでいた。

金造は六尺豊かな大男で、膝丈の腰巻に半纏のような単衣を着て、日傘代わりに黒い洋傘をさして歩く。その金造の後ろから小柄な女房のゆきが懸命に付いてくる。子供たちはみんな金造を恐がった。

体が大きいばかりではない。キセルの雁首で子供たちの頭や手を容赦なく叩く。小さな源一は、

「山向こうのおっちゃんはキセルで叩くけん好かん」と寄りつかない。金造は、「五ォ、五ォ」と五三郎を呼び立てては何かと用事を言いつけた。

例年盆正月はこの家から嫁に出た者や、分家した者が、仏さん参りに集まる。

はるは何日も前から水に漬けておき、叩いてやわらかくした鱈わたの煮〆、甘酢できれいな赤紫に煮上げた水芋の茎、混ぜ寿司を柿の葉にこんもりと盛り、上に紅生姜や薄焼き卵のせん切りを飾った柿の葉寿司と、古くから伝わる盆料理を作るのにおおわらわだった。

「ここのかく様は（と金造ははるのことを呼ぶ）よう出来たおなごじゃ。友平には逆らわんし、料理はうまかし、いつ誰が来ても嫌な顔はせんでようほとめく（もてなす）。友平

には過ぎた女房じゃ」と、来るたびに同じ言葉ではるを褒める。

女達も焼酎の水割りに砂糖を入れた盆焼酎を飲む。

そろそろ精霊さんを送りに行こうかと立ち上がりながら、「去年の盆な大騒動じゃったな」と誰かが言った。

去年幡崎部落で佐々木を名乗る一族の墓地で墓荒らしがあって、あろうことか友平が巡査に、

「お前が娘の肺病ば治そうと思うて、死人の水ば取ったとじゃろう」と犯人呼ばわりされた。

「なんば娘が肺病じゃけんと言うて、村内の墓ば掘るかあ。ぬしは俺が掘りよるとば見たとか。百姓じゃけと言うて馬鹿にするな。肺病病みはそこらにいくらでもおる。うちのきみだけじゃなか」と友平は巡査に喰ってかかったが、この事件はまだ犯人がわからない。

墓地は村上と呼ぶ村落の北にあった。千坪ほどの所が、『佐々木』を名乗る者の墓地で、細い道を挟んで南の方が他の苗字の墓地になっている。

友平は持ってきた提灯に灯をともすと、さるすべりの枝に下げた。子供たちもはるから線香をもらい、三十基ばかりの友平一家の墓に立てて廻る。

墓石は一族の零落の様を語るように年代を追って小さくなり、きみの墓はまだ卒塔婆のままだった。

夜〝まさよ〟が出た。

朝、軒に吊していた盆料理の残りを取りに行ったはるが気付いた。料理はあらかた喰い荒らされていた。

「まさよが出たぱい」と言いながら入ってきたはるに、

「あああぁ」と五三郎は大きなため息を吐いた。折角楽しみにしていたおかずが食べられてしまった。

「今年は珍しくまさよが出らんけん、病気でもしてるかと思うていたら、うまかもんを吊したら早速出てきよった」

子供たちは誰もまさよを見たことがない。しかし、長くばさばさの髪を藁すぼでくくり、破れギモン（着物）の前をはだけて歩くううなご（大女子）の狂女だとは知っていた。

夏になるとどこの家も夕飯の残りを腐敗を防ぐため軒先に吊しておくので、まきよは夜になるとあちこちの軒先から食べ物を盗んで歩く。

「ちえっ」と五三郎は舌打ちをして、はるが持っている空になりかけたしょうけ（竹籠）を見た。

「よかじゃなかかい。まさよも盆をしたとたい」と、はるは寛容である。

子供たちがまさよの次に恐いのが〝タカマガハラの弥助どん〟だった。弥助どんは古くなって破れかけた御幣をカシャカシャと振りながら、「タカマガハラア」とタカマガハラだけはわかるが、後は何を言っているのか聞きとれない祝詞をあげて物乞いをする。

　夜、「まさよが出たあ」と急に誰かが叫び、幼い弟妹を恐がらせて遊ぶこともあるが、弥助どんは、

「いうことを聞かないと弥助どんにくれてやる」と大人が子供たちを脅す恰好の人物にされていた。


　五三郎の家には幡崎部落の集落から五百メートルほど離れた秋光川に架かる秋光橋のたもとにあった。だから五三郎の家は通称『川ん土居』と呼ばれていた。橋を渡ってほんの少し行くともう佐賀県と福岡県の県境だ。村落と村落の間に友平らの二軒の家があるので、よくほいと（物乞い）が寄った。

　はるはどの物乞いにもやさしく施しをした。いつだったか野良に出ている留守に、どうやって見つけたのか土中に埋めて保存してある藷がまを見つけて、掘り出して食べたほいとがいた。母子連れだったが生藷をかじったため、母子とも口の周りをあくで黒く汚していた。

「こんちくしょう、人の方の藷ば掘りよってえ」と友平はかついでいた鍬を振り上げた。

「すんまっせん、すんまっせん」と母親は子供を自分の後ろにかばって、ペコペコと頭を下げた。はるは、

「つとしゃん、鍬ば下ろしてくれんな。怪我するぱい。良かじゃなかな、まだ藷はごおほん残っとる。誰でも饑じかとは辛かよ」と言って、食べ残してきたお茶の子の蒸かし藷を

子供の方に差し出した。そして、

「藷のあくで顔はまっ黒ばい。そがな顔で歩きよったら、又、いもドロボーて追いかけられるばい」と言った。


盆が過ぎ田褒めも終わった。

五三郎は薬屋の手伝いがないときは、源一を連れて椎の実拾いに行った。こおじい（小椎）は煎って食べてもおいしいが、小指の爪ほどの実を前歯で割ると、中に真っ白な実が詰まっている。食べるとほの甘い味がした。権太郎さん方の椋の木は今年も一杯実を付けた。

「おっちゃん、むっきば採らせてくれんな」と家人にことわって、五三郎は椋の木に登る。着物の裾を端折った中にもいだ椋の実を入れた。木の下で待っている源一に時々投げてやる。着物の前が膨らむほどもぐと、裾をしっかり腰紐にはさんでそろそろと木から下りた。

「ごおほん採ったばい」と、着物の裾をひっぱり出すと、椋の実は下りる途中で押しつぶされて、椋の実の赤黒い汁が着物にべったりと染みついていた。

帰るとはるが、

「椎の木だけは登るな、椎の木は折れやすいけん落ちて怪我するぞ」と言って、五三郎に着物を脱がせると、汚れたところをつまみ洗いした。

もう夕方の風は冷たい。五三郎は囲炉裏の火で着物をかわかした。

夜友平は藁を打ち、田圃へ履いていく足中草履を作ったり、縄をなったりする。周蔵も親が仕事をしている間、同じように夜なべをした。

はるはランプの下で繕いものをする。新しい着物を作ってやることは出来ないので、兄の着古しは着れなくなるまで弟が着なければならないので、はるは縫いに追われる。針仕事をしながらいろいろな話をしてくれる。

「昔、西南の役の時、大造じいさんは官軍に交じって人夫で働きよったげな。その時官軍はそこいらから牛や馬ば徴発して、首斬り落としたあとで川を塞き止めて、魚ば獲って食うたげな」

「ニギン隈の墓所には、夜、白こんぼが出るちゅう噂があったとたい。三軒家のじいさんはほんに剛の者じゃったけん、いっちょ白こんぼば見てやろうばいというて、墓所に行ったげな。じいさんがそろおっと寄って行ってようと見たら、お灯明の菜種油ば白い犬が墓石におっかかって、舐めよったとげな。白こんぼも幽霊もほんとはこの世にはおらんとばい。よくよく自分の目で確かめたら、なあんにも恐いものはなか」

「天子様ば拝みに行った時のことは覚えとるかい？」

「うん、ごおほんふとか風船が空にあがっとったね」

「あたいも覚えとる。あん時かかしゃんは、夜ごおほん握り飯ば作って、学校に泊まっとる兵隊さんの所へ持って行ったな」

「うん、うちにも息子が何人もおるけん、どこでどなた様の世話になるかわからん。演習でくたびれて腹も空いとるやろうと思って、こそっと持って行ったとたい」

「おかずはこんこん（沢庵）だけだったとに、うまかうまかと言うて喜んで食べらっしゃったね」

「天子様ってどげな神様ね」と源一が聞いた。

「お前も行ったとばい。ありゃ大正天皇が、朝日山に陸軍大演習で行幸さっしゃったとたい。あの時はほんに残念だった。みんな道端に座って待ってたら、黒か洋服に帽子ばかぶって、白い手袋ばした人が出てこらしたけん、あわてて頭ばさげてたら、その人は天皇さんの馬車の馭者だったげな。立派な格好やったけん間違って拝んだとたい。ほんに惜しかことばした。天皇さんはずっと後から出てこらしたげなばってん、その時は天皇さんば拝ましてもろてありがたかあって帰ってきてしまった」

「あげなふとか風船は初めて見たな」

「あれはアドバルーンで言うとげな」

「かかしゃんの胸の帳面に控えてあったとね」と、初めて聞くアドバルーンという言葉を源一は不思議そうに尋ねた。

『海を渡ると酒が一段と旨くなる』

と言って、海の向こうの対馬では博多港から渡ってくる酒が珍重された。小郡の酒屋から博多港まで荷馬車で酒を運ぶのも友平の仕事だった。

　東に壁のように立ちはだかる耳納連山も西にそびえる九千部も、すっぽりと雪雲に覆われて、今にも雪が降りだしそうな寒い朝、筑後盛を博多港まで運ぶことになった。

「雪がひどうならんとよかが」と、はるが心配そうに言うと、友平は、

「馴れた道じゃけいらん心配はするな」と言って、頬かぶりをして酒屋の旦那さんからもらった所々虫食いの穴があるフェルト帽を目深にかぶり、特別厚く綿を入れて作ったネッツデを着て蓑をつけた。

　いつもは博多港まで行っても、朝早く家を出るとその日の夜遅くには帰ってきている友平がこの日は帰ってこなかった。

　はるは寝ないで一晩中囲炉裏の灯をちょろちょろ燃やしながら起きていた。子供たちは伸びかけた麦の芽が隠れてしまった一面の銀世界に、歓声を上げて喜んだが、友平が帰ってこなかったと聞くと、しゅんとしてしまった。

「はよまま食うて学校に行かんかい」と、はるに急き立てられて、子供たちは登校した。学校への道を三人で歩きながら、五三郎は、

「あんちゃん、つとしゃんは雪の中に倒れて埋まっとるのじゃなかろうか」と言うと、周蔵は、

「馬鹿こけ、このくらいの雪で人間が埋まるもんか」と素っ気ない。

「あねしゃん、学校から帰ってもまだつとしゃんが帰ってきとらんやったら、探しに行こ

うか」とみどりに向かって言ってみる。

「ああ、よかたい」とみどりは返事してくれた。

　みんなが学校から帰ってきてもまだ友平は戻っていなかった。代わるがわる外に出ては、友平が一杯ひっかけて、大きな声で歌いながら帰ってくるのではないかと、耳をすまし目をこらした。

　冬の日がとっぷり暮れて夕食を終えた時、かすかに〈月が出た出たあ〉と歌う声が聞こえてきた。皆顔を見合わせた。そして周蔵と五三郎は急いで外に飛び出した。

　空荷の時は荷台に座ってたづなを握っている友平は、荷台に乗らずに馬と一緒に歩いている。

「つとしゃあん」と叫んで、周蔵も五三郎も背中に雪解けの汚泥を跳ね上げながら走った。

　周蔵が友平に代わって馬の轡をとった。

　家ではまるが馬のため、ボワッと湯気が上がるダの水を用意して待っていた。囲炉裏に薪をくべているみどりに、「そげん焚物ばくべてもったいなか」と家に入るなり怒鳴る友平に、みどりは、

「ほんにきつかったなあ」と労ってまたくべ足した。

「三国峠まで来れば、もうわがうちに帰ってきたも同じと思っていたばってん、今度の雪ばっかりはニッチもサッチもいかじゃった。車が雪に嵌まって動かんごとなって、馬ばほどいて、後戻りしてよその方の納屋に泊めてもろた。何人もそげな人がいた」と話した。

はるは周蔵に、

「つとしゃんが戻ってきたちいうて、ちょっと酒屋までひとっ走りしてこい」と言いつけて、友平には、

「ほら、早よ熱かとぼ一杯」と燗びんを差し出した。

「つとしゃんが雪に埋まっとるかんしれんけ、探しに行こうかて言いよったと」と五三郎がいうと、

「俺は埋まらんじゃったばってん、車が埋まった。うっつけぼっくいのほいと小屋はつぶれとった。いつでもここいらに雪が降らんでも、三国峠には雪が積もっとるばってん、今度のごたるこつは初めてじゃった」と言って、燗びんの酒を湯飲みに移すとぐうっと一気にあおった。

友平は他家で酒をよばれると、帰る道中大声で歌う。

「俺は親父のようなみっともない酒飲みにはならん」と周蔵は怒り、みどりは、

「ほんに恥ずかしかあ」と、悔やむ。しかし、はるは、

「よかじゃなかかい。つとしゃんは長尻すると酔ってボロば出すと言って、さっさとその場を切り上げて帰りながら酔いござっとばい。隣の義助しゃんな皿舐めの義助と悪口ば言わるるばってん、あれは飲んで帰ると嫁ごがブツブツ言うけん、家に帰るとが嫌でついつい長尻するとばい。三軒家のおっかしゃんな、おっちゃんがよそで酒ば飲んで帰ってくると、『堪能するしこ飲んだかい。足らんごたるならちょっと行って買ってこうか』て言

わっしゃるけん、おっちゃんも酒を買うたら銭が足らんごとなるとはようわかっとるけん『もうよか』て言うとばい」と、男にきれいな酒を飲ますのは、女の器量次第だとみどりに言って聞かせる。

今度ばかりは父親の安否を気遣い帰りを待ち侘びていただけに、子供たちは遠くで父親の炭坑節が聞こえた時はほっとした。

友平はその後も何度も酒樽を積んで小郡から博多まで往復した。

「せめて十円あったらよか正月が迎えられるばってん」と、はるが嘆く正月が来た。義助の家とももやって餅を搗く。

男たちが杵をふるい、女は水を打つ。搗き上がった餅をはるは板台の上にとると、餅とり粉をまぶしながら器用に小餅にちぎっていく。はるがちぎってはぽんぽんと軽く叩きつけるようにして板台に並べていくのを、平らに押さえて形を整えるのは子供たちの仕事だった。顔や着物を餅とり粉で白く汚しながら、餅を並べた木の箱が何段も積み上げられていくのを数えたり、追いかけて行って鼻の頭に粉を付けあったり、わいわい大騒ぎをした。最後のひと臼はたっぷりと水を打って柔らかく仕上げる。それに大根卸しをつけてすするようにして食べると、餅搗きは終わりだ。

二十九日に搗く餅を苦の餅と言って、九を苦に通じさせて忌み嫌う。

友平と義助は例年二十八日に餅搗きをすませた。

つごん晩（大晦日）は友平が〝テカケ〟を作る。一升三合の米を三方に盛って、その上に昆布で巻いた橙を載せ、吊し柿、栗、蜜柑、小さく切ったするめや昆布をまわりに散らす。出来上がったテカケは仏壇に供えられた。

大鍋一杯のガメ煮（筑前煮）、酢牛蒡、酢人参、黒豆、煮染めと代々伝えられてきた正月料理が出来上がる。

納屋にも廐にもお供えを飾り、友平が仏壇と神棚に酒を供え灯明を点けて、家族皆が次々に手を合わせてから膳に着く。

普段は野菜をたくさん入れた煮込みうどん、団子汁だが、つごん晩には真っ白なうどんが山ほど作られる。子供たちは薄く切った蒲鉾を載せたかけうどん。

「うどんはこれが一番」と友平は生醤油ですする。

尾頭つきの塩鰯がこの夜は子供にも一尾ずつ添えられた。


元旦は、若水を汲み竈に火を入れるのは家長の役目だった。正月だけは友平がはるより先に起きてお湯を沸かす。自在鉤に掛けられた鉄瓶が、しゅんしゅん音を立て出してからはるは起きる習わしになっていた。

周蔵と五三郎は牛馬に餌をやり、揃って祝いの膳についた。友平はテカケからするめや昆布を小皿にとってそれぞれに配る。みどりと五三郎の役目は餅焼き。

元日は先祖の佐々木四郎高網が、急に戦況が変化したため、雑煮が間に合わず、焼き餅に味噌をつけて食して出陣したところ大勝したという。以来子孫は必ず正月には、焼き餅

に味噌をつけて食べるようになったとの言い伝えを友平が、

「昔ご先祖の佐々木四郎高綱が」と件のひとくさりを講釈するのを、子供たちは上の空で聞きながらせっせと餅を食べる。

外では凧揚げ、コマ回し、パッチリ（めんこ）と子供たちはここかしこ屯して遊び興じた。

翌二日は友平の家のお節だった。ここ川ん土居の家から分家した者、嫁に行った者がそれぞれ塩鮭を一尾ずつ持ってくる。

正月が過ぎると、弁当には毎日毎日鮭が一切れ入っている。三月、四月ごろまで続き、弁当から鮭が消えて、もとの梅干しや生味噌の弁当に戻ると、麦刈りから田植えとまたはるは忙しくなってくる。

その上他家で大勢客を招く祝儀不祝儀があると、はるはりょうにんさん（料理人）として雇われて行った。客の人数と予算を聞き、材料の買いだしから盛りつけまで采配し包丁をふるう。多すぎもせず、少なくもなくとはるの見積もりは的確で、その上料理がうまいというのでよく声がかかり、はるは自分が大事にしている菜切り、刺身、出刃の三本の包丁を持って雇われて行った。

田舎の結婚式は、本祝儀、村祝儀、膳さらえと三日三晩飲み明かす。そのため結婚式に雇われると、五日も六日も帰ってこないことがあった。はるという避雷針がないため友平の雷は朝から晩まで子供の上に落ちてくる。

待ち遠しい何日かが過ぎると、はるは友平のために酒一升、子供たちには料理の残りを土産に持って帰ってくる。

子供たちははるが留守をした寂しさも忘れ、珍しい料理にむらがって賑やかに食べる。

日ごろはるのために何かしてやるということのない友平も、はるがりょうにんさんから帰ってきたときだけは、三本の包丁をていねいに研いでやる。

三月、みどりは小学校を卒業して年季奉公に出た。

四月、源一は小学校へ入学した。

七月、秋光川が氾濫した。決壊した家や材木屋の木材が上流から流れてきて橋桁に引っかかる。橋が流されるのを防ぐため、周蔵は村の衆と一緒に濁流が渦巻く川に飛び込み、橋の上から、土手からと橋桁に引っかかった材木を引き上げて、秋光橋を守った。

洪水の脅威にさらされ、旱魃に痛め付けられ、寒風吹き荒ぶ峠道を酒樽を積んで越え、炎天下の田圃を這いずりながら、貧農の一家の四季はめぐり子供たちはそれぞれに大きくなっていく。

「百姓は黙って米さえ作っとればよか」と、友平は口癖にいうが、小作の社会にも少しずつ近代化の波が寄せていた。

周蔵は高等科を卒業して農業に従事していたが、「農民組合に入ると小作料を三割まけてもらえる」と言って、農民組合結成大会に出席した。

「三割まけるて地主がお前に言うたとか」

「こがん苦労して米ば作りよるとに、米の飯が食えずに、雑炊ばかり食うとるとは、地主が小作料ば取りすぎるけんたい。我が作った米を我がで食うごとなるとのどこが悪かな」と結成大会で聞いてきたばかりの話を熱を込めて言う。

三割まけるというのは、あくまで組合の小作料永久三割減額の要求事項に過ぎなかったが、十俵採れた米の六俵か、七俵は小作料として地主に上納していた小作民にとっては、組合結成時の要求事項が願望とあいまって、三割まけるというように伝播されていった。

「あちこち集まって評議する間に、田の草の一本でも余計に取れ」と、友平は苛立ったが、はるは、

「若いもんには若い者の考えもあろうたい。あたいたちがしてきた苦労ば、しゃっち周蔵たちがすることいらん」と友平をなだめた。

こうした中で周蔵は三大小作争議の一つと謂われる基山小作争議に巻き込まれていった。

重松愛三郎、伊東光次、石田樹心等の指導や運動にもかかわらず、地主側は未納小作料徴収のために稲刈り前の稲の差し押さえを強行した。

抗議のため集合した約三百名の組合員が、ラッパを吹き立て、喊声を上げて地主の家へ

雪崩込んで行った。だが地主は不在で埒があかず、暴動とみなされたため、警官隊急派の報にやむなく解散したが、基山の方へ帰る六十人の組合員が、地主の家を襲って投石破壊の暴挙に及び、夜半放火によって地主宅は消失した。

その集団に周蔵がいた。

警察の厳しい捜査が始まった。たまたま配置薬の旅から帰ってきていた九市が、

「兵隊検査前の者に傷が付いては困る。俺が身代わりに警察にいく」と言って自首して出た。取調べの結果九市は身代わりとあっさりばれてしまったが、『兄弟愛に免じて』周蔵もお咎めなしとなったが、はるは、

「周蔵、これで終わったと思うな。大方調べた巡査さんも小作人の息子かもしれん。兄弟愛に免じてというのは警察の格好ばつけた言い訳で、わがのごたる人の尻馬に乗ってわいわいおらぶ小ものまで入れとく場所がなかったとたい。三十人も四十人も捕まったげな。わがはねんじゅう劇場へ演説は聞きに行きよったばってん、何ば聞いてきよったとか。人の話はよう聞け、演説するごつ偉か人が、他人の家ば焼きこくれて言うたか。人の話はようと聞いてそして最後にものを言う人間になれ」と諭した。

五三郎は家の中に漂う重苦しい空気を子供心に察して、友平の顔色を窺ってばかりいた。

新しいことに挑んでいく周蔵あんちゃんは頭がいいからだと思っていた。そんな頭がいいあんちゃんが、なぜ放火のようなおそろしいことに加担していたのかわからない。ひょっとしたら監獄に入れられたかもしれないのに、弟のために身代わりになろうとして

いた九市あんちゃんも、家族のことを考えるやっぱり頭がいい大人の男なのだと考えた。

最後にものを言う人間がどんな人間かよくわからなかったが、はるの言葉は五三郎の胸に根をおろした。


兵隊検査前の弟に傷がついてはいかんと、身代わりを買って出た九市が病気になった。旅先の悪所通いで淋病を患った九市は、自分で治療しようとしたため、かえって悪化させて化膿してしまっていた。はるは懸命に看病したが、正月を迎える準備が万端整った十二月三十一日、もう小水も出せなくなって、ぱんぱんに腹を膨らませて九市は息を引き取った。


明日は正月だからということで、友平と義助は医者と相談の上その日のうちに葬式を出すことになった。あわただしくふれが回り、人が集まり、九市の遺体は湯灌され納棺された。日ごろあまり友平に逆らうことのなかったはるが、この時ばかりは、

「つとしゃんも義助しゃんもむごかあ。まだ九市の体は温かとに棺の中に入れてえ。今夜一晩通夜ばしてくれてよかろうもん」と泣いて抗議した。

「一晩置いとって生き返るわけではなか。明日は正月たい。村の衆に迷惑かけるわけにはいかん」と、はるは押しやられた。

「むごかあ、むごかあ」と九市の棺が家を出るまではるはつぶやいては涙を拭った。

九市の茶碗が家の前で割られると、はるは割られた茶碗の上に泣き崩れた。

田植えごろからはるはよく「だらしかぁ、だらしかぁ」と言ってため息を吐き、顔色が黄色くなってきた。野良から昼食に上がってきても、そこそこに食事をすますとすぐ横になった。

「おなごのくせ煙草ば吸うて」と友平に怒鳴られながら、「つとしゃんが一升飲む銭でおいが煙草はどがささ吸われるかい」と、こればかりは友平に言い返していたたった一つの楽しみだった煙草も、やがて吐き気がすると言って、吸わなくなった。

炎天下で一番草をとっているとき、田の中で倒れて、周蔵に背負われて帰ってきてから、はるは寝ついてしまった。

「この忙しかときに寝てえ」と怒鳴る友平の声に、もう無理して起き上がる体力はなかった。

見舞いに顔を出した友平の姉が、

「おかっ婆さまに拝んでもらうと早くよくなるげな」と、言ったので、五三郎は毎日米を一升持っておかっ婆さまに参りに行くことになった。おかっ婆さまは隣村の小郡の小さなお堂に一人で住んでいる祈禱師である。

「もうし、もうし」と声をかけると、かしいだ戸を開けて五三郎を入れてくれる。

「川ん土居から来ました」と言って、五三郎が差し出した米を受け取ると、三方にあけ小さな仏像の前に捧げ、灯明をともすと、やおら大きな声でお経を唱え出す。白髪頭を振り立て何やら印を結ぶまで、五三郎は老婆の後ろに座っていた。三、七、二十一日、米を一升持っては、五三郎はおかっ婆さまに通いはるの病気治癒を祈った。

英彦しゃん参りの若い衆を飾り立てた馬車で、小郡の先まで出迎えに行った義助は、「はよこれば提げとけ、かかしゃんの病気もよくなるぞ」と、英彦しゃんがから（土鈴）をくれた。

はるの実家からも御礼が届けられた。

タカマガハラの弥助どんは、「川ん土居のおっかしゃんが寝ついてござるげな」と訪れて、「お布施はいらんばい」と前置きして祈禱してくれた。

誰彼となくあそこの○○さんはよう効くけん参るとよかと言いにきてくれる。その都度何がしかの小銭と供物を持って参りに行った。

「触らぬ神に祟りなし」と言っていた友平も、長引くはるの病に気弱になったのか、「はよ参ってこい」と言うようになった。

長男、長女の死、はるの病気と相次ぐ不幸は、先々代の佐々木裕右衛門が、日吉神社のそばに大きな家を構えてん住んでいた時、神社の隅に建立したお地蔵さんが、寂しがって帰ってきたがっているからだと言いにきた者がいた。

早速、友平と義助は村の衆に諮り、お地蔵様を家の前に運んできて、ご託宣どおり東向きに安置して、家族全員でお参りした。

盆を過ぎたころからはるのお腹はだんだん膨れてきた。『チョーマン』に罹っているのだ。チョーマンは日本住血吸虫という虫が、手足の毛穴や傷口から体内に入り、肝臓に寄生するので、肝臓が侵されやがて腹水が溜まって腹が膨れるためにチョーマンと呼んでいた。筑後地方を中心としたこの地方一帯の風土病である。

人力車に乗ってお医者さんが時々来ては、はるのお腹に、「馬の注射器のごたる」大きな注射器を突き刺しては、腹水を抜いてくれる。注射器に吸い上げられた腹水は、透き通って酒のようだった。

五三郎は寝ていながら農作業のことを気にしているはるのため、できるだけ友平の手伝いをすることにした。それが五三郎にできるはるへの思いやりだった。

九月に入ってるの病状は一段と悪化した。みどりの奉公先にも、

「かかしゃんがひどく悪かけん、いっとき暇ばもらって帰ってこい」と伝えられた。

九月十四日、はるの死期がせまっているのが誰の目にもわかった。

「五三郎、源一、スエノ」と、はるは弱々しい声で子供たちを呼んだ。渋団扇ではるに風を送っていた五三郎は、

「なんな、皆ここにおるばい」とはるをのぞきこんだ。

「今日は学校ば休ませてすまんことじゃったない」と言いながら、三人の子供の顔を順に見た。

「あねしゃんもすぐ帰ってくるばい」

「みどりにも苦労させたなあ。なたなげ（年季明け）ば待ちきらんで、前借りに行ったけ、

みどりも暇ばもらいにくかろう。無理するなというてやれ」

「源一、お前は死んだおきみのごとよう学校が出来るけん、かかしゃんはうれしかったばい。しっかり勉強せれ」

絞った手拭いを額に当ててくれたスエノに、

「お前はまだこまかけ、ほんにむぞかあ。かかしゃんはまだなぁーんもお前に教えてやることがでけんやったばってん、あんちゃんやあねしゃんたちのいうことば聞いとけば間違いなか」

「五三郎、つとしゃんによろうと頼んでくれ。おきみが生んだ上の子が、来年は一年生たい。おきみは戻されてきたばってん、あん子たちは孫たい。七夕さんの西瓜ば届けてくれていうてくれ」

「うん」と、子供たちはそれぞれうなずいてはるを見つめている。

「なあ、お前たちは迷うなよ。決して迷うてはならん。人間所詮行くとこにしか行かんもんばい。病気をしたら医者どん、死んだらお寺さんが迎えに来てくれる。……病気になったら医者どんにかかればよか……人間迷うてはいかん、……迷うな……迷わんでしっかりがまだせ」

「源一わかったか」源一はこっくりうなずいた。

医者を迎えに行った周蔵は、医者を乗せた人力車と一緒に駆け戻ってきた。みどりは奉公先の男衆の自転車の後ろに乗って帰ってきた。

医者ははるに注射を一本打った。

はるの脈をとり懐中時計の蓋をあけて文字盤を見つめて首を振った。

みどりとスエノが泣き声をあげながら、

「かかしゃんかかしゃん」とはるの体を揺すった。居並ぶものが皆泣き出した。

五三郎は涙を拭くとはるの枕元を立った。そして火の消えた煙管をくわえて茫然と座っている囲炉裏端の友平に、

「かかしゃんな死なっしゃったばい」と声をかけると、「言われんでもわかっとる」と怒鳴って、横を向くと荒れた大きな手で顔をこすって立ち上がった。

五三郎は外に出た。

「迷うなよ」と言ったかかしゃんの今際の言葉が、頭の中で谺している。一気に土手を駆け上がった。

夫婦喧嘩して川下の実家に逃げ帰る義助の嫁をかかしゃんは追いかけては連れ戻した。『炭坑逃げ』する一家をかかしゃんは握り飯を持って追いかけて、「炭坑が百姓よりつらかったらいつでも戻ってこんな」と見送った。

着ていく着物がないので行きたくもあり、行きたくもなしと迷っていた五三郎の修学旅行の朝早く、川下の親戚から着物を借りて、この土手を走って戻ってきた。かかしゃんがこの土手を走るのはいつも誰かのためだった。

もうかかしゃんはこの土手を走らない。

五三郎は土手から下りてお地蔵様の前に立った。お地蔵様の前には、今朝源一が供えた不格好に盛り上げられた飯がそのまま置いてある。東向きに据えられたお地蔵様の顔は、背中に西日を受けて影がさして少し寂しそうに見えた。五三郎はお地蔵様の頭を撫でて、「かかしゃんな死なしたばい」と告げて、供えられているお仏飯を下げた。

翌日はるの野辺の送りが行われた。

参列の人数が多かったのは生前のはるの人徳を忍ばせた。

子守奉公から女中奉公そして貧農の妻、七人の子を生し、逆縁に泣き、苦労のしづめで一生を終えたはるの棺は四人の男に担がれて川ん土居の家を出て行く。

茶碗が割られた。

友平は土手に立って村上の墓地へ運ばれていくはるの棺を見送っている。

はるの棺は深く掘られた穴にそろそろと下ろされた。みどりとスエノが大声でしゃくりあげて泣いている。周蔵が最初に一掬いの土を棺の上にかけた。次に五三郎がかけた。身内のものが順にかけていく。一わたりすむと葬式の世話をしてくれている村の衆が手早く埋めてしまった。人々が口々に唱える念仏のうねりの中で、五三郎は、

「かかしゃん、かかしゃんの言葉は忘れんばい。しっかり胸の帳面に控えとるばい」とつぶやいた。

こんもり盛られた土饅頭の上に、
『釈妙清信尼』と記された卒塔婆が建てられた。

# 今日も電車で

藤瀬麗子は伊賀屋駅で電車を降りると、制帽を被りながら駅務室から出てきた駅員に切符を渡して改札を出た。

一緒に降りた女高生たちは、駅員から早かねえと声をかけられると、笑いながら口々にテストテストと応え、駅舎の横の駐輪場から自転車を出し、ハンドルに付けた籠にカバンを入れてひらりと跨って走り去った。

麗子が住んでいる鳥栖市では来年四月からの民営化に向けて、国鉄の労働組合員が鳥栖駅前で民営化に反対する集会や座り込みをしていて殺気立った空気が漂っていた。小雨の中、赤ん坊を背負ったり、幼児の手を引いたりした家族を動員している場面に遭遇すると、目のやり場に困って顔を伏せて足早に通り過ぎた。幼児までがシュプレヒコールに合わせて小さな拳を突き上げていた。

鳥栖駅では四十二万平方メートルの構内に約七百人の職員が働いていたし、機関区には約五十両の機関車が配置されていた。そのため鳥栖の雀は灰色と揶揄されることもあったし、実際風の向きでは機関車が噴き出す煤煙が飛んでくる。通信区、機関区、保線区などで働いている親類縁者もいた。

国鉄に就職した同級生に久しぶりに会ったとき、彼は、「俺たちが国鉄に就職したときは、ほんなこて線路の向こうは光り輝いていたとばい。国鉄が潰れるときは日本が潰れるときだと思って働いたとに」と、嘆いていた。

ここ伊賀屋にも民営化の波が押し寄せているであろうに、まだ駅員と乗客がのどかな会話を交わしていた。

麗子は駅前の雑貨店の端にあるバス停まで歩み寄ると、取り付けられている時刻表を見た。目的の東部工業団地を経由するバスの時刻は九時から十七時まで毎時十五分の一本だけ。腕時計を見る。ちょうど一時。タクシーは常駐していないらしく店先の公衆電話にはタクシー会社の電話番号が貼ってある。麗子はちょっと迷った。呼んだタクシーがここまで来るのに何分かかるのだろう。伊賀屋駅から工業団地入り口まで車で七、八分かかると今から行く江上鉄工の事務員が教えてくれていた。

タクシーなら江上鉄工の玄関前まで直行する。バスだと東部工業団地入り口で降りてまた五分ほど歩くとのこと。ちょっと迷ったが麗子はバスで行くことにした。初めての土地はさっと走り抜ける乗用車の車窓からの眺めより、バスからの眺めの方が目線の位置が高いので見え方がちがう。

バスは予定の時刻より三分も早く来た。先客は高齢の女性がふたり。乗車した麗子を二人はそれまでのお喋りをやめて珍し気に睨めまわした。麗子は二人に軽く会釈しながら後ろの方に座った。二、三分してバスが発車すると先客のふたりは運転士や麗子の耳を気にすることなく話し出した。どうやら病院の帰りのようだ。ないないと返事をしては語尾になたぁとつけて会話している。二つ目の停留所で杖を持ったひとりが降りた。三つ目の停留所では運転士はエンジンを止めて、運転席から出てくると老人用の手押し車を下ろし、老女に手を貸してやった。運転席に戻った運転士は麗子にお待たせしましたと言って発車させた。毎日ラッシュ時の満員バスに乗っている麗子には物珍しい光景だった。乗客は麗子一人になったが途中運転士は律儀に停留所を案内した。

　車窓には刈り入れ寸前の麦畑が広がっている。整備された田圃は広く四角く、麦の種類によって熟れた色も異なり白っぽく見える田圃もある。

　麦秋、麦の秋、麦熟るると連鎖させながら、なかなか上達しない俳句のことを思った。嘱目《しょくもく》で一句と考えてもばらばらに浮かぶ言葉は一句をなさない。遠くに見える麦畑の中の一軒家の瓦屋根が、太陽の光を一身に受けて光っていた。

　二十分もかからずに東部工業団地入り口に着いた。ありがとうございましたと言う運転士に、麗子はおつかれさまと会釈しながら降りた。

　さて、と歩き出す前に辺りを見回す。幅広く真っすぐな道が東西南北に交差している。電話で教えられていたとおり麗子は東に向いて歩き始めた。

　江上鉄工は東に向かって歩いて最初の交差点を左折するようにと聞いていた。交差点に来た。今歩いてきた道路に比べると路地のような道が交差していた。ひとつの企業が占有する敷地が広大だったから角にある製罐工場のむこうがわからない。本当にこっちでいいのかしらと思いながら左折すると長いフェンスに沿って歩いた。東部工業団地となってい たが、まだ建物がなく○○工業建設用地と書かれた看板が立っているフェンスに囲われた 空き地もある。

　肥前の広大な穀倉が埋め立てられ整地されて工業団地や、商工団地に変わっていく。麗 子の住む町も田圃が買い上げられて、莫大な現金収入を得た農家が何軒もあった。

　タクシーで来なかったことを後悔した。製罐工場の先は畑地と民家だった。今来た道を 立ち帰ってバス停まで行くしかないと足を止めると、畑地の向こうに大きな竹林が見えた。 麗子の意識下で呼応するものがあった。何かがゆらいだ。麗子は吸い寄せられるように竹 林に向かった。難なく辿りつき、竹林を囲んでいる竹垣に沿って歩くと古びた冠木門の前 に出た。そっと中を窺うと、風情がある路地の奥に茶室風の建物が垣間見える。冠木門に 掲げられた扁額には聴竹庵とあった。

　竹に招かれたようにふらふらと来てしまった。しかし麗子は初めて訪れた場所なのに懐 かしいと感じる既視感があった。麗子に不審げな目を向けて通り過ぎる自転車の老人に夢 から醒めたように我に返った。

　麗子が勤めている大日本鋼材は江上鉄工に鋼材を納入している。江上鉄工の会計年度は 四月から始まる。決算が終わったところだ。江上鉄工の支払いはきちんとしていて手形の 決済が滞ったこともない。しかし、大日本鋼材はリスクヘッジのため大口の取引先には与 信状況を把握するのに財務諸表の開示を求めていた。

相手から必要書類を郵送してもらうか、持参してもらうこともできたが、経理課長が直接赴いて関係書類の写しを貰うことが慣例になっていた。相手はお得意様である。営業とは別に年に一度のご機嫌伺いの挨拶をかねていた。課長が急遽東京へ出張したので、訪問を延期することもできたが、取引先と顔を合わせておくことは無駄じゃないだろうという部長の意向で麗子にお鉢が回ってきたのだった。

課長は福岡から自動車で来る。運転免許を持たない麗子は国鉄を利用した。普段は鳥栖から博多まで国鉄を利用していた。しかし伊賀屋は長崎線で鳥栖から西へ向かう。

今日は会社に出ないで直接江上鉄工へ行くことになっていた。帰りは受け取った書類を持っていったん帰社することになっているので、いつもより遅く自宅を出たのだった。

このまま行けば多分バスが通っている大通りに出るだろうと、ひとつ大きく息を吐き、手土産の菓子の包みを持ち替えて歩き出した。

煙草の自動販売機に並んで緑色の公衆電話があったので、江上鉄工に電話を入れた。電話に出た女子事務員に、改めて道順を聞くと、電話の向こうで何やら話していたがすぐに男性の声に代わった。

どこから電話しているかと聞かれた。自販機のある所と言っても相手には分からないだろうと、咄嗟に思いついてきれいな竹林がある聴竹庵という茶室の前を通ったと言うと、電話機の向こうから息を呑む様子が伝わってきた。車で迎えに行くからそこを動かないようにと念を押して電話は切れた。

待つほどもなく白い乗用車がやって来た。ウインドウを下ろして、大日本さんですかと訊ねる初老の男性に、麗子が頷くとすぐに降りてきて、わたしは江上鉄工の副島ですと言いながら後部座席のドアを開けて、どうぞと麗子をいざなった。

自動車のシートに座ると麗子の口から思わず安堵の吐息がもれた。運転席から振り返った副島は、「どうやったらあんな所まで行ったのですか」と、笑った。

「お電話で教えて頂いていたようにバスを降りて東の方へ行って、角を左に曲がって、また次の角を左に曲がって」説明すると、副島は、

「最初に東西を間違ったのですね。教え方が悪かったのだ。東西南北より建物を言えばよかったのに」

と笑いながら発進させた。すぐに江上鉄工に着いた。五、六人の事務員が執務している事務室の奥にある簡素な応接コーナーに案内された。お茶を持ってきた事務員が麗子の顔を見て、

「あたしの説明の仕方が悪かったのですね。すみませんでした」と謝るのに、

「いいえ、わたしが方向音痴なのです」恐縮しながら、「いただきます」とお茶に手を伸ばした。すっかり喉がかわいていた。

「駅に着く時間をおっしゃっていただいたらお迎えに行きましたのに」

と副島は言った。

麗子は会社が発行した身分証明書を提示して、副島から名刺を受け取った。

「まあ社長さんを煩わせて申しわけございません」

「いやぁ、うちぐらいのところでは社長でございとふんぞり返っていられないのですよ。手が空いている者がやる。藤瀬麗子さん?」

と言いながら手にとった身分証明書と麗子を交互に見た。

経理係の初老の男性が出した書類を確かめて受取証を渡すと用件は終わった。帰りは伊賀屋駅まで副島が車で送ってくれた。

「仕事の時間より迷子の時間の方が長かったですね。これに懲りずにまた来年も来て下さい」

「今年はたまたま課長が出張したものですから。でも迷子になったおかげできれいな竹林を見ることが出来ました」

「ああ、竹林ですか」と、一旦言葉を切った副島は、

「あの竹林の中の聴竹庵は一度に一組しか客をとらない割烹旅館なのですよ。明治から大正にかけて、高名な文学者と交流があった山口氏が建てたものだそうです。割烹旅館になったのはわりと最近のことで、宣伝はしていないけど、結構遠くからもお客があるようです」

「いらしたことがおありですか」

「いいえ。あ、どうですか。一度聴竹庵で食事でも」

「ええっ今日ですか」

「今日は駄目です。予約していないから」

麗子はあの竹林の中を歩くことを想像しながら、「いいところですね」と、応えた。

伊賀屋駅では電車の時刻に合わせて来たので跨線橋を渡ってすぐに上りホームへ出た。改札口で見送ってくれている副島に頭を下げると、副島はやぁというように軽く手を挙げて頷いた。その副島の姿を入ってきた上り電車がかくした。

高校卒業後就職した大日本鋼材福岡支社で経理課に配属された。経理の知識も技術も皆無だったので、半年間夜間の経理専門学校に通って知識や技術を習得した。ずっと経理課に所属していたから出張には縁がなかった。江上へ行ったのは珍しいことだった。

なんとなく聴竹庵の竹のことが心の奥にひっかかっていたが、一度に一組の客しかとらない高級な料亭に行けるわけもないのであきらめていた。道に迷ったことも、副島のことも忘れるともなく忘れていった。

去年は課長が不在だったので急遽代わりに麗子が江上鉄工へ行ったが、なぜか今年は最初から江上鉄工行きが麗子にまわってきた。麗子は道に迷ったことを誰にも話していなかったが、江上鉄工への出張を命じながら部長は伊賀屋駅からはタクシーを使いなさいと笑いながら言った。

年に一度得意先を招いてのゴルフコンペがある。そのとき副島から伝わったのかもしれないと思い、お聞きになったのですかと訊くと、部長は何をとぼけた。

麗子は江上鉄工の事務員に訪問の日時だけを伝えたが、副島から麗子に直接電話があった。麗子の出張に合わせて聴竹庵の予約がとれたらお食事をと思っていたけど、やはりその日の予約はとれなかった。かわりに三日後の六月二十日の土曜日だったらキャンセルがあったので空いている。是非藤瀬さんに聴竹庵でお食事を差し上げたいので一応押さえておいた。そちらの都合もお聞きしなくて悪かったけど、是非ともお出で頂きたいとのことだった。

麗子はお気遣いなさらないようにとは言ったが、でもあの竹をまた見てみたいから喜んでと返事した。宿泊もできますと付け加えて副島は電話をきった。

麗子は受話器を置くとあの静謐な佇まいの茶室を囲む竹林を思い浮かべた。

「藤瀬さんデートの約束ですか」

と向かい合わせの席の若い事務員から声をかけられるまで麗子はぼんやりと窓の外へ目をやっていた。風があるのか雲の流れが速い。

「いや、そんないいことではないわ。高校の担任だった先生の古希のお祝いのことなの」

と咄嗟に口にしていた。

昨年江上鉄工へ行ったときは、国鉄民営化の一年前で、駅前では国鉄の労働組合員がデモや座り込みをしていたが、昭和六十二年四月一日国鉄は民営化されてＪＲになった。職員の制服が変わって改札に立っている駅員は改札を通る人にお早うございますなど挨拶をするようになった。しかしまだ麗子が目を伏せて通り過ぎるところがある。

待合室の片隅で、国鉄からＪＲに移れなかった人たちがにわか作りの粗末な台の上にパンを並べて売っていた。工具を持って列車の保全、点検をしていた手でパンを袋に入れる。指呼して大声でオーライと上げていた声は、ありがとうございましたと口の中で消えて、なかなかいらっしゃいませと顔を上げて客を呼び込みきれずにいた。

民営化の是々非々は麗子にはわからなかったが、旧友の線路の向こうは光り輝いていたという言葉を思い出すと、正視できない光景だった。

当日、江上鉄工では経理課長が応対した。受け取る書類を確認して自社の課長から預かった受取書に自分の名前を署名捺印して渡すと江上鉄工での仕事は終わった。社長室から出てきた副島はどうもご苦労様でしたと、麗子をねぎらうと若い社員と慌ただしく出ていった。土曜日の聴竹庵での食事のことは何も言わない。

予約を取ったと言っていたけどどういう事かしらと思ったが、呼んでもらったタクシーで伊賀屋駅まで行った。

再び副島から電話があったのは金曜日だった。納品先の建設現場でトラブルがあって、ちょっとどたばたしていて失礼したと丁重に謝罪された。

「お忙しいのなら」と遠慮する麗子に、副島は、

「おかげさまで全部おわりました。藤瀬さんと聴竹庵で食事する機会はそうそうないでしょう。なんとしてもこの機会を失いたくなかったから、大車輪で事に臨みました。新入社員時代、外を駆けずりまわっていたころのことを思い出して若返った気分です」

と笑って、待ち合わせの場所と時刻を告げた。

土曜日は、伊賀屋の先の佐賀駅で落ち合うと副島の車で聴竹庵へ。聴竹庵の駐車場で車を降りると、いつか麗子が覗いたあの路地伝いに歩いて茶室の前で案内を乞うた。

作務衣の女性に茶室とは別棟の数寄屋づくりの建物に案内された。渡り廊下で母屋に続いているようだ。黒檀の座卓を挟んで座ると、只今お茶をお持ちしますと女性が云った。

「茶室で頂くこともできるけど、どうもわたしはその方は不調法で」

「いえわたしも。高校の同好会で少しやっただけで」

と話していると先ほどの女性が障子の向こうから声をかけお茶を運んできた。筍を模《かたど》った干菓子が添えられている。

お食事は五時にご用意しますと言って女性が立ち去った。腕時計を見るとまだ一時間ある。

「ちょっと外に出てみてもいいですか」

副島に断ると、副島も、

「竹ですか。ではわたしもご一緒しましょう」と立ち上がった。

竹はほどよい間隔を保ちよく手入れされていた。飛び石伝いにも行けたが、麗子は竹の落ち葉の中に歩み入った。足元でどこかなつかしい音がする。立ち止まって一本の竹に手を置くと軽く目を閉じて、竹の葉擦れに耳を傾け稈に満ちた竹の命の息吹を手のひらに感じ取った。

遠くを走る自動車の音が消えると静寂に包まれた。目を開ける。木漏れ日は薄緑に透けて心地よい風が頬をなぜた。

竹の向こうに竹落ち葉を載せた檜皮葺の茶室の屋根が見えた。皮を剝いだばかりの今年竹はまだ緑がかって白く粉を吹いている。再び目を瞑り耳を寄せた。ふわりと揺れた麗子を、大丈夫ですかと副島の手が支えた。

麗子は何かに手が届きそうだったのに副島の声に現実に引き戻された。その何かは言葉では説明がつかなかったが、麗子の心の中に沈められていたものが目覚めて、麗子の意識に上ろうとしていた。

夕食では地酒を酌み交わしながらあの話この話ととりとめもなく広がった。

麗子が意外に思ったのは竹を植えるということだった。あっちこっちに竹林や竹藪がある。すべて自然発生的なものかと思っていた。竹藪はともかく手入れされた竹林は計画的に植え替えられて世代交代して常に緑をそよがせている。竹の棹の長さから樹木と同じに見えるけど、植物学上は常緑性の多年草、イネ科タケ亜科と副島はメモを見ながら教えてくれた。

「詳しいのですね」

「はっはっ、カンニングですよ。藤瀬さんが竹に興味をお持ちのようだったから、いいとこ見せようと思って」と、磊落に笑った。

「竹植う、竹植うる、と夏の季語で陰暦の五月十三日をさすのです」

「俳句をなさっているのですか」

「はっはっは、なさっているというようなものじゃない。じいさんが月に一回駄句迷句持ち寄って集まり情報交換を兼ねて酒を飲むのです」

「わたしも職場の先輩に誘われて句会に参加しています。投句は五句だけど、毎回四苦八苦しています」

「ほう。五句に四苦八苦ですか」

「あら」

ふたりは笑いあった。かしこまった他人行儀が少しゆるんだ。

「会が始まったころは女性もいたのですがね。いつのまにか句会が目的か、飲むのが目的かとなって男性は上手くなりたい気がないから、向上心にあふれた女性陣に見限られてしまいました。どうもご婦人方はかろみやおかしみを受け入れようとしない。いつだったか、『老いらくは怠惰忘却ところ天』と言うのが投句されたのです。主宰はとっていましたが、ご婦人からはふざけているとさんざんでした」

「かろみやおかしみについて講評のとき主宰から聞いたことはありますが、身に付いてはいません。勉強不足です」

「嘱目も大事だけど、我々は忙しいから句会が迫ってから歳時記片手に呻吟するのです。上達するはずもありませんよね。そうだ、今日は六月二十日だけど、陰暦の五月十三日は六月の二十三日頃です。もうすぐだ」

「竹を植えるなんてなんだかピンときません」

「移植が難しい竹の植え替え日と言われています。中国の古書に、この日は竹が酒に酔っていて移植されたことに気が付かないからと記されていたことに由来するようですが根拠は不明です。もしこの日に竹を植えられなくても、五月十三日と書かれた紙を竹に貼っただけで同様の効果があるともいわれています」

そこまで言うと副島は盃に残っていた酒を飲みほして続けた。

「またこの日はかぐや姫が月に戻った日とする説もあります。一般にちくすいじつと読みますが、私はすいびという響きの方が好きです」

「竹がお酒を飲むのですね」

そう言いながら麗子も副島の話に聞き入って、つい飲み過ぎたと頬に手を当てた。酔った頬は掌にほんのりと熱を伝えた。

食器を下げにきた女性が、お風呂の支度ができていますと言って立ち去った。

「宿泊の予約もしています」

「………」

ほんの短い間、ふたりは目を合わせた。先にそらせて俯いたのは麗子だった。目をそらせ俯いたことが返事になっていた。

五十歳を目前にした麗子は過去二人の男性と関係を持った。二十代のとき結婚を前提に職場の同僚としばらく付き合った。そのうち何がどうとは言えないが何かが違うと感じ出した。三度に一度誘いを断っているうちに関係が途絶えた。時々社内で顔を合わせても「やあ」「あら」ですれ違う。その男性には何かが欠けていた。しかし、後になって麗子自身も未熟で恋に恋していたのかも知れないと思った。

次に付き合ったのは営業部の課長だった。

通勤電車の中で偶然会った。そのとき読み終わったからと言って立原正秋の小説を貸してくれた。それから課長は麗子が乗っている車両に乗ってくるようになり、しばらく本の貸し借りが続いたが、文学青年だと思ったのは麗子の幻想だった。

その課長はホテルで、タクシーの中でうちのやつが、長男がと平気で家族の話をした。恋心などさらさら無かったが、デリカシーのなさや、ただそれだけの関係というのは麗子を傷つけた。

副島とは二、三度しか顔を合わせていない。じっくり話し込んだのは今夜が初めてだった。しかし副島には包み込まれるような優しさ、すっと寄り添える安堵感があった。

枕元の行燈を消すと部屋は闇に覆われた。外から光が入ってこない。

「点けといたほうがいいかな」

「いえ。以前佐渡へ行ったときのことを思い出しました。ホテルの庭に出て日本海の方を見ると、沖にイカ釣りの漁火が連なって見えるけど、そのほかは漆黒の闇なのです。全館に灯ったホテルの明かりは海には届きません。あのとき久しぶりに夜は暗いということを思い出したものです」

「そうだね。今は街灯やネオンなど色々な明かりがある」

しばらく続いた沈黙が重たいと感じた時、

「麗子さん」

副島のひそめた声が麗子の耳染を熱くした。

舌をからめながら副島の手は羽毛のように軽くやさしく胸乳の上を這う。頸にかかる副島の息の心地よさに産毛が総毛立つ。副島の舌先が閉じた瞼をそっとなぞる。舌先は極上の媚薬だった。

深い陶酔に続く眠りからの目覚めは、異次元を浮遊しているような不思議なものだった。こんな眠りもあったのかと甘美な感覚を反芻するように甦らせた。副島は夢うつつに麗子を抱き寄せた。抱き寄せられて麗子は副島の鼓動を聞きながら再び眠りに落ちた。


「おじちゃん、おじちゃん」

と叫ぶ自分の声に目覚めた。目を開けると網代の天井が見えた。そして半身起して麗子を見下ろす副島と目が合った。恥ずかしい、麗子の頬に血が上った。

「わたし何か言いました」「ああ」と、笑いながら何でもないと言う風に軽く首を振った。

麗子も身体を起こした。そして「竹、竹だわ」とつぶやいた。

「竹がどうしたの」

「そう、わたしの心の奥にいつも竹があった。なぜ竹なのか分からないけど竹が。見たいのか触りたいのか分からないけど竹が。今それが何だったかわかったような気がしてきました」

「あなたが竹にひとかたならぬ思いがあることはなんとなく感じていたが」

副島は起き上がると浴衣を着直して片寄せてあった座卓の前に座った。麗子も副島に背を向けて身じまいをすると、寝乱れた蒲団を軽く整え、枕もとに置いてあった薩摩切子の水差しを持って座卓のそばに座った。ふたりは交互に手洗いに立ち洗面をすますと座卓に斜向かいに座った。

「あたしが寝言なんか言って起こしてしまいましたね」

「いや、いつも五時には起きている。来期からは会長に棚上げされる。少しずつ肩の荷が下りて楽になった。楽になったのに、年のせいなのか目覚めがだんだん早くなる」

「棚上げだなんて」

「儲けることは下手だったが、次代の人間を育てることはまあ成功したかなと。若手が育ってくれた」

と言うと副島は仰向いて水差しからグラスに注いだ水を飲んだ。ごくりと喉仏が動いた。麗子は動く喉仏から目が離せなかった。

胸の奥が愉悦の名残にうずいた。

副島はグラスを置くとさあと促すように麗子を見た。

「あたし両親が相次いで亡くなって今一人暮らしです。二人の弟は東京や千葉に住んでいます」

　副島はそうとうなずくと、水を注いだコップを麗子の前に差し出した。どうもと小さく言って麗子はゆっくり飲み干して副島を見る。斜《はす》に向けられた副島の視線は麗子の潜在意識に働きかけて麗子の心を縛っていたものがするするとほどけた。大きくひとつ息を吐き出して麗子は話し出した。

「今住んでいるところは、町村合併前は基里村と呼ばれていて父の生まれ在所です。父と連なる親類が沢山います。

　私は東京で生まれました。父は十条にある造兵廠で働いていて、私が生まれた時は支那事変で出征中だったそうで。だから私の名前の麗子は叔父が同郷の陸軍大将の緒方某という方にお願いして付けて頂いたそうです」

　副島は何も言わずに頷いた。麗子に向けられた視線の優しさに忘れたことにした筈の、無かったことにした筈のあの頃のことがより鮮明に思い出されてきた。

「昭和十九年、私は疎開先の国民学校初等科に入学しました。王子区、今の北区の上十条の国民学校に入学する予定でしたが、戦況がさしせまっていて私が入学するはずの国民学校は全校で学童疎開することになったのです。

『時間の問題』『今夜が峠』と何度か医師に宣告されたという病弱だった私を心配して、母と私に弟ふたりの四人で母の郷里の鹿児島の山村へ疎開しました。ええ、とに角病気ばかりしていました。どなたかが届けてくれた生きた大きな鯉が庭に出した盥の中で泳いでいました。私はおそるおそる手を入れて鯉をつついて遊びましたが、夕方父が役所から帰って来ると、その鯉の血を抜いて私に飲ませたのです。私に手渡された鯉の生き血が入ったショットグラスのことはよく覚えているのですが、素直に飲んだか、どんな味だったか覚えていません。

絶対嫌だと抵抗したのはひまし油を飲まされた時です。言うに言えない味でした。押さえつけられて無理やり飲まされました。

あ、中学生になってからも母はどこかの祈禱所から幅一センチ、長さ四、五センチぐらいの薄紙の束を貰ってきて私に飲ませました。毎日一枚ずつ水で飲むのです。熱が出たとかどこか痛いとか具体的なことはなくても、常に母は私の健康を気遣っていました。

名前も占い師に麗しいの麗子より、礼節の礼子が良いと言われて、礼子と墨書された半紙を仏壇の引き出しに入れていました。父はそんな母に何も言いませんでしたが、祈禱師に井戸替えするように言われた時は、さすがに母の一存ではどうにもならないので父に頼みました。父は「触らぬ神に祟りなし」と言って一蹴しました。

疎開先では学校でも近所でも友達はできませんでした。母も毎日開墾や農作業を手伝っていたし、おもちゃも本もない。私はお友達がいないどころか、先生にも嫌われていたのです。……いたのだと思います。そういうのってなんとなく分かるものですよね。

疎開していた村は東西に流れている川を挟んで北を上手《かみで》、南を下手《しもで》と呼び祖父母の家は下手にありました。私たちは上手。橋のすぐそばの雑貨屋さんの裏手の、馬丁さんが出世して空き家になった厩続きの小さな家を借りしていました。上手には叔母さんの家族がいて叔父さんは床屋さんでした。疎開して間もなく髪を切ってもらいに行きました。

子供用の補助いすに座って、白い布で覆われてさてこれから鋏を入れようとしたとき、叔父さんが叔母さんにお前がやってみろと、鋏をわたしました。叔父さんがいつ召集されるかわからない。そのときには叔母さんが床屋をやっていくための練習だというのです。横の髪は左右揃わない。あっちが長い、こっちが長いと切って耳が全部出る位短くなって、前髪は生え際ぎりぎりまで。終わってしっかり握っていたお金を渡そうとしましたが今日はいいよと叔父さんは受け取りませんでした。床屋には私より二年上の小夜ちゃんと私より下の子が二人で三人も女の子がいるのに。

家に帰ると母がびっくりした顔をしてどうしたのと訊ねました。私はこらえきれずにおばちゃんが切ったと言いながら泣き出しました。お金はちゃんと持ってきたって言ったのでしょう？　ううん後から出した。母は大きなため息を吐いただけで何も言いませんでした。

その叔父さん、兵隊には行かず終戦後すぐに肺病で亡くなりました。四つ下、六つ下の弟はいつも母が連れて田んぼや畑に行っているので学校から帰ってきてからはひとりぼっちでした。年の近い従姉妹がいたのになぜか遊んだ記憶はありません。農作業を手伝うことでお米やお芋なんかをもらっていたのです。

ある時、母の一番下の妹の滝子姉ちゃんと同級生のきさちゃんが、弟の何とかちゃんを連れて私を遊ぼうと誘いに来ました。叔母と姪が同じ国民学校の高等科と初等科に通っていたのです。

祖母の家の隣は農業組合の事務所で、道を挟んで大きな組合の倉庫がありました。きさちゃんは私を連れて倉庫の方へ行くと、少し開いた戸の隙間から体を横にして入り、首を突っ込んで、こわごわ中を見回している私に早く入れと手を振ってせかし、私が入ると急いで戸を閉めました。高い所にある窓から明かりが入るので暗くありません。中は半分二階になっていて藁の束が一杯入っていました。梯子のような階段だったから私は手をついて上りました。

こんなところで何をするだろかと思ったら、きさちゃんが私に、『ズロースを脱げ』と命令するように言いました。人前でズロースを脱ぐなんてとても恥ずかしいことだったけど、それよりもきさちゃんとその横に立っている弟が怖かったから、私はそっとズロースを下ろしました。

『それじゃ見えん、スカートをめくいやんせ』

そっと少しスカートのすそを持ち上げるとそれじゃ見えんときさちゃんがぱっとめくりました。弟は私の一点を食い入るように見つめました。見たかときさちゃんにいわれて弟がうなずくと、きさちゃんは立ち上がりました。私もあわててズロースを引き上げました。きさちゃんは倉庫を出るとき又遊んでやるから誰にも言うなと念をおしました。

早く二人と別れたいのですぐに祖父母の家に入りましたが、祖父は製材所、叔父は郵便局、祖母や叔母はうちの母と一緒に畑か山で、誰もいませんでした。そのまま上手の方へ歩いて暫く橋の欄干にもたれて川の流れを見下ろしていました。そう長い時間ではなかったでしょうけど、その間村人は誰も通りませんでした。

欄干から身を乗り出して川面を見下ろしていると、なんだか舟にのっているみたいに自分の体が動いているようでした。それにもすぐあきてしまいました。上手の方へ橋を渡るとすぐ左手は祖父が長年働いている製材所の広い敷地です。いつも材木を挽く大きな機械の音が響いています。誰でも勝手に拾っていい木屑の山、製材前の丸太が積み上げられて、製材所の端っこの大きな鋸屑の山は川にせり出していました。

川は鋸屑山の少し先で右に曲がっていたので先の方は橋の上からだとよくわかりません。私はぱっと思いついて川上の方にいってみることにしました。本当は川のそばで遊ぶことは禁じられていたのですが、なにもかもがつまらなくて、それにあんなこと忘れたくて。右手に鋸屑山を見て土手を行くとすぐ橋の上からは見えなかった川の先の方が見えてきました。

土手に迫って広い竹藪があり竹藪を切り開いた土手際に杉皮葺きの小屋が立っていました。私はそこへ行くと入り口から中を覗きました。一年生の私の顎の高さほどに床が高くて、でも中の様子はよくわかりました。少し小さな囲炉裏があり自在鉤には鉄瓶が下がっていて、囲炉裏端には縄を渦巻にした丸い敷物。竹で作った湯飲みのようなもの。

そのぽつんと置かれたお湯飲みが何だか淋しそうで、わたしはすぐにそこを離れました。

翌日、宿題をすませると真っすぐその小屋へ行きました。そおっと入り口から顔を出すと中にいた髭もじゃもじゃのおじさんと目が合いました。

『こんにちは』と私が挨拶すると、小父さんは驚いた顔で、『ああ』と言い、『木田どんの孫じょじゃっど』と訊きました。

私は大きく頷いて『どうしてわかるの』と言うと、小父さんは『見慣れん顔やっど、疎開してきたのは木田どんの所だけだから』

腰かけようとして床に手をついてぴょんぴょんしていたら小父さんは仕事の手を止めて筵の上から立ち上がってきて、ふいと私の手を掴んで引っ張り上げてくれました。そしたらお母さんがどこからか手に入れた運動靴はブカブカだったので両方ともぽとっと脱げ落ちました。

『何している』

『遊んでる』

『一人で』

『うん、お母さんはお祖母ちゃんたちとお蚕さんか畑』

『友達は』

『いないおじちゃん籠やさん？　見てていい』

『ああ』

小父さんは丸い敷物を私の前に置きました。不思議でした。あんな硬い竹が背負い籠、笊、ばらと呼ぶ物を広げて干すひらたい笊などに変わっていくのです。

母が祖母たちを手伝って田圃や畑に行くのが淋しかったけど、学校から帰ってきて母がいるとなんだかがっかりするようになりました。

ある時小父さんの所へ行こうと橋のたもとまでくると、遠くにきさちゃんの姿が見えました。私はどきっとして川上の方へ走りだしました。

はあはあと息を切らした私を見て小父さんは仕事の手を休めて立ち上がってきました。私がひとりで上がれるように古い空き樽を逆さにしておいてくれてあったのだけど、半泣きの私はおじさんに手をとって引き上げてもらいました。筵に胡坐をかいた小父さんは私を抱き寄せました

私は小父さんの胡坐の中で声を上げて泣きました。小父さんは何も言わずにそっと頰を寄せてくれて。お父さんの頰摺りを思い出しました。夕方父は帰宅すると和服に着替えて晩酌をするのです。その時よく私を抱いて頰摺りしました。夕方の父の頰や顎は髭が伸びかけてちくちくして痛いのです。でも母があれこれと私の事を告げ口するのを聞き流してくれるので、それに折角お父さんがこんなにしてくれているのだからと、子供心に気をつかっていましたが、小父さんの伸びた髭はちくちくしませんでした。

私が泣き止むと小父さんは頸にかけた手ぬぐいで涙を拭いてくれながら『どがんした』と訊きました。

『きさちゃんが』と私はあのことを小父さんに話していました。誰にも言えないことだったのに。誰にも言わないはずだったのに。

小父さんは私を膝からおろし立ち上がると、部屋の隅においてあった桑折《こおり》を開けて玉手箱のような箱を取り出しました。箱にかけられている紐に手をかけた時、一瞬、煙が出てきて小父さんがお爺さんになるのではないかと思いましたが、中から出てきたのはお面でした。とても怖い。

角はないけど鬼のような顔をして、ぐわっと叫び声を上げているような口から見える分厚い舌は、本物のベロのようで触ると舌の表面のざらざらぶつぶつ、温もりと弾力が感じられそうな生々しい舌でした。

びっくりしている私に『これは私が彫ったお面だ』とほんの少し息を止めて見ていましたがすぐ、箱の底から紐が付いた極々小さなお面を取り出しました。そして、『これは般若の根付けだよ。おまんさにやるからお守りにするとよい』

と私の手に乗せてくれました。

『ありがとう』私は両手で受け取りました。小父さんはもう一度恐いお面をじっと見ていましたが箱にしまい紐を結ぶと桑折の中に入れました。

そして囲炉裏端にしゃがむと鉄瓶から竹の湯飲みに水を注ぎぐっと呷り、私にも湯飲みに半分注いでくれました。

それが私と小父さんの蜜月の終わりでした。雨が降ったり母がずっと家に居たりしたので何日か小父さんの所には行けませんでした。

　久しぶりに小父さんの所へ行くと、入り口の板戸が放り出されていました。ええっと小屋に走り寄って中を覗くと、もぬけの殻です。作りかけの籠も裂いた竹やひごもありません。いつも火のない囲炉裏に下げられていた鉄瓶もありません。あの日水を飲んだ竹の湯飲みだけひとつ転がっていました。

　初めて見たときと同じさびしいそして悲しい風景でした。せめてあの湯飲みだけでも拾って帰りたいと思っても、踏み台にしていた古桶もありませんでした。

　私は竹林の中に入ってみました。足に合わない運動靴の中には小石が入っていてちくちくと痛かったので、靴を脱いで小石を振り落としそのまま裸足で落ち葉を踏みました。小父さんと一緒に竹林に入った時、小父さんは何本かの竹に手を当ててはてっぺんをみあげていました。

　私はそれを思い出して何本かの竹に触れてみました」

　そこまで話して麗子は大きく吐息を吐いた。副島は何も言わずに小さく頷いた。その副島の何もかも受け入れてくれるような眼差しに、麗子は続けた。

「何故でしょう。小父さんが誰にも言うなと言ったわけではありません。でも私は時々小父さんの所に遊びに行っているとは誰にも言いませんでした。だから小父ちゃんはどこへ行ったのとは誰にも訊けませんでした。

　あの竹の湯飲みが、ぽつんと取り残された竹の湯飲みが、私の心を閉ざさせたのかも知れません。

二年生の時終戦になって。大人は日本が負けたと深刻な顔で話していましたが、私は東京へ帰れるとうれしくなりました。翌年の八月父が私たちを迎えに来てくれましたが居を構えたのは東京ではありませんでした。東京の家はあの大空襲で焼けてしまってそれに、うちであずかっていた早くに両親を亡くした私の従姉妹のあきよねえちゃんも行方不明になっていました。どこへ逃げたか、どこで死んだか一片の骨もありません。私だけが学童疎開して母たちは東京に残っていたら……」


掃き出し窓がすっかり白んでいる。

「副島さんに甘えてしまって」

「いや、わたしも父からもらった能面を持っています。あなたがもらったその根付けを見てみたいな。きっと精巧な細工だろう」

「大事にしていたのだけど、なぜか小父さんにもらったと言い出しにくくて、いつの間にか失くしてしまいました」

帰りにもう一度竹林を歩いた。靴を脱いでみた。

あの日小父さんの家の周りを裸足で歩いたときもこんな音がした——。


ノックして部長室に入ると部長ははずした黒ネクタイを秘書に渡しているところだった。

「どうもお疲れ様でした」

麗子は呟くように低く言って頭を下げた。ボタンをはずして喉元をゆるめた部長は、

「しみじみとした式だった。これはご遺族から君へ渡してくれとあずかったのだが」

と、香典返しが入った斎場で渡された紙袋の中から二冊の冊子と小さな箱をとりだした。

和綴じの『句集・竹酔日』と、一冊の文庫判の歳時記だった。

何故わたしにという思いで部長を見ると部長は、

「副島氏には余命が分かっていたらしい。少しずつ身辺整理をしていて、一緒に住んでいたご長男夫婦に、俳句仲間の藤瀬麗子さんに渡してくれと言い残していたらしい」

麗子は副島の霊前に向かったような思いで、深々と頭を下げた。

部長は副島の死を麗子に告げたとき、

「副島社長の奥さんは三年前に亡くなっていてね。実は君のことをどうかなと思って、出張に事寄せて引き合わせたつもりだったのだが。これは私ひとりの考えでむろん副島氏も知らないことだったが。どうする一緒にお葬式にいくかね」

と麗子の意向を尋ねた。その時麗子は低く「いえ」と返事した。参列しなくてよかったと思いながら落とした涙を踏んで部長室を出た。

副島の遺品の『句集・竹酔日』は副島の手製のものだった。和綴じの帳面に一頁に一句見事な筆跡で書かれていて、『すこしづつ放下のこころ竹植えて・能村登四郎』に始まり、間に二十四句を挟み、『洒落れて詠む気などさらさら竹酔日・高澤良一』の句の次に、

『吾も竹も酔ひて雲雨の一夜あり』と無記名の句が書かれていた。
一夜の雲雨に溶けた副島は麗子の心に竹酔日という墓碑銘を残した。

一日一日は長くしかし過ぎてしまえばあっという間に時間が消えていく。百年一世紀と言えば気が遠くなるような膨大な時の積み重ねだが、麗子は今八十五歳、あっという間に時間が過ぎる。このままいくと百歳もわけないようにも思えてくる。

月に二回、第一と第三火曜日に鳥栖から六つ先の佐賀までＪＲを利用して句会に行っていたが、件のコロナ禍でずっと休会になっていた。今日は十月の第一火曜日。久々に集まりの声がかかった。

句会用のトートバッグの中身を検める。選句用のノート。筆記具、眼鏡、表紙に千代紙を貼った副島の形見の歳時記。電子辞書に兼題を含めた五句の小丹。譲られたとき歳時記には「酒やめようかどの本能で遊ぼうか兜太」と書かれたメモがはさんであった。麗子はそれに裏打ちしてしおりにした。

老いるにしたがってワンピースを好むようになった。しかし今日は久しぶりに和服にした。母の形見の大島だ。たかだか佐賀迄と言っても改めての外出は心が弾む。句会前に昼食をすませる。今日は何を食べようか。コロナで休会になる以前、セルフサービスの軽食店で珈琲とサンドウィッチを頼んだら、席でお待ちくださいと言われた。己が自覚している老いと他者の目が見る老いには大きな開きがあると知らされた。あれからまた歳をとった。再開は電話で伝えられた。長い休会だったからその間に詠んだ句から五句をということだった。五句の中に『冬の蝶己に泣かぬ我となる』の一句を入れた。

テレビドラマやひとの話に涙ぐむことはあってももはや自分自身のことで泣くことはない。

駅までバスを利用していたがここ二、三年で乗り降りがしづらくなった。今はタクシーを利用している。待合室に入ると、ぞろぞろと降車客が改札を通って出てくるところだった。何人か待合室から直接入れるパン屋に入った。昔、ほんのいっとき待合室の片隅で労働組合員が戸板を並べたような粗末な設えで売っていたパン屋は、今ではチェーン店で九州の主な駅構内に同じ名前のパン屋があり夕方はレジに行列ができるほどに繁盛している。

かつて国鉄が民営化に代わる時、ひとりの知人が、

「こんなにずたずたに分断してしまっていいのでしょうかね。もしもソ連が北海道に侵攻してきた時、自衛隊員や物資の輸送はどうするのでしょうかね」と嘆いた。

日本国有鉄道の経営母体は八社に分断されたが、鉄路は動脈、静脈、毛細血管と張り巡らされてつながっている。

麗子はスイカを読み取り機に当てて改札を通るとエレベーターに向かった。八十五歳の麗子が佐賀だ、博多だと出歩けられるのはエレベーターやエスカレーターの恩恵だった。

エレベーターで地下の連絡通路へ降りて次のエレベーターに乗り換えてホームへ上がる。

二番ホームには折り返し佐賀方面に行く二両編成の電車が停車していた。

ラッシュ時を過ぎた長いホームは静かだった。

六十歳で定年、六十三歳まで嘱託で働いて退職するまでの四十数年麗子は鳥栖から博多まで電車で通勤していた。その頃はエレベーターなんかなくて、松葉杖をついた若ものがラッシュの人ごみに交じり臆することなく階段を上下していた。何度か麗子はその青年に追い越されてその後ろ姿をため息交じりに見下ろしたこともあった。

博多駅では下車した乗客が一気に改札に向かうので麗子は階段が恐かった。博多駅のホームはすっぽり巨大な商業ビルに覆われた。同じく六番ホームまで有する鳥栖駅は駅舎もホームも大きな変化がない。長いホームの建屋の梁や支柱に使われているのは古いレールですべては輸入レール、それも九州に鉄道が開通した最初期に使われていた物だという。一番ホームには、国名ドイツ・製造会社ＫＲＰＵＰＰ・クルップ社・製造年・１８９６・明治二十九年と書かれた案内板が下がっているし、よく見るとところどころ梁に製造年月日や製造会社名らしい刻印がある。製造年月日には１８９４年と読めるところもある。支柱や梁は何度もペンキを塗り重ねてあるので決して美しくはない。ぶつぶつと手触りも悪い。でもこの支柱や梁の鉄道遺産とでも呼ぶべき古さが鳥栖駅の改築や新築を阻んでいるのかも知れないと、ホームに立つたびに麗子は思う。

六番ホームのすぐそこにサッカー場がある。昔麗子が鳥栖駅は大きいと言ったら線路の数が多いだけだと笑われた。貨物車の行き先別の編成のための何十本もの線路があった。その線路の跡にサッカー場ができた。図書館や小劇場もある公的施設のサンメッセ。駐車場やマンションと数え立てればその昔の構内の広さに驚く。何しろ四十二万平方メートルあったのだから。

早岐行き各駅停車の発車ベルがなった。佐賀までは三十分足らず。久しぶりの和服。胸元で般若の根付が揺れた。

# 菊子

台風がよく上陸する年だった。「あの十九号台風」と人々の記憶に残ったのは、昭和が平成に替わって三年目の九月二十七日の台風のことだった。

九州上陸時の中心気圧は九百四十ヘクトパスカル。日本全土に被害を及ぼし、死者百六十一名、負傷者千二百六十一名を記録した。山林では大規模な倒木が発生、平地でも電柱の倒壊で広範囲が停電になった。

鶴田菊子が住むここ佐賀県鳥栖市でも被害を受けなかった家はないと言ってもよかった。鹿児島本線を跨ぐ通称高橋と呼ばれる跨線橋から見渡すと、瓦を飛ばされて青いビニールシートで覆った家々が見渡せた。

築百年余を誇る鶴田家の建物も周囲の家と同じで、倒壊は免れたが飛来した折れた大木の枝、トタンなどで瓦が割れたり吹き飛ばされたりした。

ブルーシートでの応急処置はしたが、そのブルーシートも不足がちだった。

全国的にも瓦が不足していた。新築当初三州から取り寄せて葺いた陶器瓦にすると、完全に葺き替えが終わるまでどれ位時間がかかるか分からない、これだけの瓦を取り寄せるとなると費用も莫大なものになるという。

市内の下水道工事も進んでいて近々トイレも水洗になる。菊子と戦前から住みこんでいるお手伝いの民子の二人で住むには広すぎるので、冷暖房が効く今風の家に建て替えることにした。どうせ一人息子の隆一は帰ってこない。

昔、離れがあった方に片寄せて建てれば、母屋の跡地は駐車場にして賃貸しできる。建て替えがすむまでの仮住まいも見つけた。

家を壊すという話を聞きこんだ業者から、これだけ立派な木材を廃材にするのはもったいない。是非譲ってくれと申し出があり、移築のために丁寧に解体された。

ブルドーザーやクレーンでがらがらと壊されている現場から見ればすべて時間がかかる。

座敷の畳が出されて床板がめくられた。床下の土が一部ほかより盛り上がっているのに目を留めた作業員が、興味を持って掘り起こした。

仮住まいの狭い部屋で民子とテレビを観ていた菊子を派出所の巡査が呼びに来た。

「小判が入った壺でも出てきたですか」

と言いながら付いてくる菊子を振り向いて、巡査は、

「とんでもなか物が出てきたですたい。腰ば抜かさんごつ」

と、言った。

積み上げられた木材の向こうにブルーシートがひろげられていた。その上に人の形に白骨が並べられている。巡査がそれだけどと顎でさした。

シートの上の頭蓋骨を見て菊子は、徳治は目が小さな男だったので、黒く穿たれた眼窩の大きさを意外に感じた。

人々が息を詰めて見守る中で菊子は頭蓋骨の前に屈み、

「徳しゃん」

と、ため息のように呟いて巡査を見上げると、かもしれないと、糸切り歯にかかったブリッジの金具を指した。


あねどんの民子は里の母親の危篤でひまをとっており、配置売薬を家業にしている祖父の伊兵衛は曾孫の隆一と女房のサメを連れて古湯温泉に湯治に行っていた。

母屋には菊子と徳治の夫婦、ほかに配置売薬の旅から帰ってきたばかりの登がいるだけの珍しくしんとした夜だった。

登はそそくさと晩飯を搔きこむと早々と寝所にしている納屋に引き上げた。あねどんがいなくても格別忙しいこともなく、徳治に続いて風呂に入ると、取り込んで畳んだままにしてあった洗濯物を持って夫婦の寝室へ入ってきた。

伊兵衛夫婦のいない気楽さでわずかばかりの晩酌に酔い、軽くいびきをかいて寝入っていた徳治は、菊子の気配にふうといびきを止めて目を開けた。そして菊子を見上げると、

「おい、はよこんか」

と、手を伸ばして菊子の足首を摑んだ。摑まれた瞬間菊子の首筋や両腕にぞわりと鳥肌

が立った。

「止めて、うちに触らんで」

　足を引き抜こうとしたが、徳治は力を入れた。

「あいたあぁ、痣が出来るじゃんね」

　菊子はもう片方の足で徳治の腕を勢いつけて踏みつけようとしたが、無理な姿勢だったので徳治の上に尻もちをついた。そのまま抱え込まれないように、痛っと呻く徳治からあわてて離れた。洗濯物が手から落ちた。

　鳥肌が立った両腕をさすりながら、

「ふん、こないだ組合の集まりで帰ってこなかったとは、八軒家《はちけんや》に泊まったとやろ。よかおなごがよりどりみどり。蔦屋のモモコね。浜屋のとりえね。よかよ、そっちへ行って、じさま（爺様）はいないから羽伸ばして」

「なんやて。誰がそんなこと言いよっとか」

「納屋の若い衆が話してた。安女郎を買ってあたしに病気ば移さんでよ」

　菊子はそれほど本気に考えてもいなかったことがぽろりと口をついた。

　菊子の口からとんだ唾が徳治の顔にかかった。徳治は掌の手で顎先を拭いながら、何を言うとかと言うとまた菊子の方へ腕を伸ばしたが届かなかった。

「旅先で女郎屋に行ったばってん、そんなのは浮気のうちにも入らん。立ち小便のようなもん。じさまはおなごを囲っとるばってん、俺はそんなことはせん。第一金を持たせてもらってない。菊子、お前こそ思い当たることがあるだろう」

「なんね、何を思い当たらにゃならんとね」

「俺は知っとる」

「何を知っとるて言いたいと」

菊子は徳治の枕を蹴った。

すっかり酔いが醒めた徳治は竈屋で大ぶりの湯飲み茶碗に一杯の冷酒をあおると、布団にもぐって亀のように首をすくめた。

徳治がどこで女を買おうとそんなことはもうどうでもよかった。徳治の存在そのものがただただ疎ましかった。

徳治がぐっすりと寝入ったのを見定めると鏡台の前から立ち上がった。そして落としたままになっている洗濯物の中から褌を拾い上げると、それを長く広げて徳治の首にひと巻きした。垂れの方を足で踏んづけると、もう片方は紐を手に巻きつけて一気に徳治の首を絞め上げた。徳治は目を剝き出して菊子を睨みあげ、首を絞めつけている褌を緩めようともがいたが、小指一本入り込む隙間はなかった。

徳治が事切れたのは褌を摑んだ手に伝わってきた。しかし菊子は硬直したようになって動けなかった。ぎりぎりと音がしそうに喰いしばった歯、力んだあまり形の良い鼻は鼻腔が膨らみ、瞬きを忘れた乾いた目で、徳治を見下ろしていた。

ふっと我に返ったとき、体中の力が抜けてどさっと尻もちをつき枕元の簞笥で背中を打った。

　菊子は納屋の戸に手をかけた。若い衆は大納屋の二階で寝起きしているが古株の登はこちらの納屋の片隅に床を上げて寝起きしていた。

　鍵はかかっていなかった。暗闇だったが勝手はわかっている。菊子は登の部屋を仕切っている板戸をそっと開けると、手さぐりで登が寝ている蒲団をたしかめ、そっと登の横に体をすべりこませた。

　菊子がのばした手にぴくりと反応して驚いて起き上がろうとした登に菊子は体を被せるようにして、登の口を覆うと耳元であ、た、し、と囁いた。

　かつて登は菊子の婿になれるかもしれないと、淡い期待を持ったこともあった。徳治と登をどんな物差しで測って振り分けたのか。鶴亀屋の大旦那の伊兵衛は徳治を選んだ。が、菊子が月足らずで子供を生んだとき、なんだそういうことかと納得した。

「あんたもなかなか隅におけんな。いつから菊子さんとできとったとな」

　と揶揄したが、徳治はにやりともしなかった。

　菊子のぬれぬれとした瞳でじっと見据えられると命令されたり難癖をつけられているときでも、吸い込まれるような色気を感じた。きれいで可愛い声がよかった。登はその声の主を組み敷く妄想にふける。

　徳治が婿と決まったとき、いったんは鶴亀屋を辞めようとも思ったが、結局のれん分けという欲にかられて退け時を失した。

しかし、懸想しても横恋慕してもあくまで登の頭の中だけのことで、具体的なことは何もなかった。

だが今は違った。人の女房だぞという警鐘は聞いたが、それも一瞬のこと、登にぴたりと張り付いた菊子の身体の柔らかな温もりに登は理性を霧散させた。

「あのね、登しゃんに頼みたいことがあるけど」

「なんな」

「ちょっとうちの部屋に来て」

「旦那は」

「うん」

菊子がたちあがった。太腿を伝い落ちる情交の名残が濃密に匂った。登はふわりと立ち上がり菊子の後について行った。

菊子は自分たちの寝室に入ると、これ、と言って蒲団をめくった。そこには首に白い布を巻き付けた徳治が寝ていた。

「徳しゃん」

と登は思わず同僚だったころのように呼びかけていた。

目を剝き口を開け舌を覗かせた徳治は、返事をしない。

「これ、どこかに埋めて」

「……」

「ちょっといろいろあって、うちも殺そうと思ったわけじゃなかよ。喧嘩したはずみで褌で首をしめたらあげんなってしもたと」

と、死なれたのが迷惑とでもいうような口ぶりで言い、それをどうかしてよと顎をしゃくった。

情事の余韻は覚めたが思いがけない光景にすぐには理性が働かない。登はふらふらと徳治に歩み寄った。

神仏は菊子に味方した。

あねどんは親の危篤で里へ行っていたし、伊兵衛たちは曾孫の隆一をつれて湯治に行っている。広い母屋は菊子一人だった。

登はなまんだぶなまんだぶと呟きながら徳治の遺体を座敷に運ぶと、畳を上げ床板をめくって大きな穴を掘った。根太に邪魔されて窮屈な姿勢での作業だった。手の甲で汗を拭きながら上を見ると、浴衣の裾を伊達巻に挟んだ菊子が、登に提灯の灯をさしかけている。

菊子の顔は提灯の暗い灯りに浮腫んで見えた。天井に届いた蠟燭の灯りは光背のように菊子の影の周囲でゆらめいていた。

畳を元に戻し、掃除して何もかも終わったのは夜明けに近かった。

登は床の間に続いた一間幅の金ぴかの仏壇に線香を上げるると鉦を叩いた。尾を引く鉦の音を菊子は手を当てて止めると線香を引き抜き先をつまみ折って消した。そして、

「お通夜じゃなかよ。今頃鉦が鳴ったり線香が匂ったりしたら、何事かと人が怪しむじゃんね」

と顔をしかめた。

「あんたしか知らないことじゃけんね」

と、菊子に睨みあげられた登は、まるで自分が徳治に手をかけたような気分になって畏縮した。

菊子は小さく折った紙幣を登の手の中に押し込んで、

「二、三日どこかにいっとかんね」

「大旦那さんもおらんとに、仕事の手配はどうするとな」

「心配せんでよか」

菊子は素っ気なく廊下の方へ顎をしゃくり早く去るように促した。

娼家に二晩居続けた登は、薄暮にまぎれて帰ってくると、自分の部屋には行かないで、大納屋の二階に上がった。見張るようにして登の帰りを待っていた菊子は早速大納屋へ行って階段の下から声を張り上げた。

「今帰ってきたとは登しゃんね。うちの人と一緒じゃなかったとね」

登が階段の上からおずおずと顔を出した。

「うちの人が帰ってこんとよ」

と、もう一度登を見上げて言うと、くるりと踵を返して母屋に戻った。

登は台湾から帰ってきたばかりの若い衆二人を連れて、母屋の裏口からのっそりと入ってきた。

「旦那が留守とは知らんかったけん、ちょっとどまぐれてしもて」

と、菊子と目を合わさずに言った。

夕飯の支度をしていたあねどんは、竈の前から火吹竹を摑んだまま立ちあがってみんなの側に来ると、

「どこか若だんさんが沈没する、よかおなごがおる女郎屋は知らんね」

と、男たちを詰問した。男たちは菊子をちらりと盗み見てそろって首を振った。

「じさまに連絡した方がよかろうか」

と言う菊子に、登は俯いてそうですなと言い、あねどんは、早々と騒いだら若旦那が帰ってきづらくなるのではと心配した。結局もう一晩だけ待つことにした。

翌日菊子から電話を受けた伊兵衛は予定を繰り上げて帰ってきた。帰ってきた伊兵衛は最初に金庫の中身を検めた。一銭のお金も残されていなかった。

徳治は金庫に入れてあった三百円あまりを懐にして失踪したのだろうということになり、家出人届を出したのは昭和十七年三月のことだった。

真珠湾攻撃から始まった第二次世界大戦で、鶴亀屋の麗人にも次々と召集令状がくるようになった。二十年正月、登にも召集令状が届いたと実家から電報がきた。

伊兵衛夫婦やあねどんと鶴亀屋の門の前で、入営のために帰郷する登を見送った。隆一は日の丸の旗を振って万歳万歳とはしゃいだ。伊兵衛は、

「登が最後の頼みの綱やったとに、これで鶴亀屋も商売を畳まにゃならん。隆一が一人前になるまでとても生きちゃおらん」

と言って目尻を指先で拭った。

三十数人の売り子を雇い、北は広島、南は台湾まで手広く入れ薬と呼ぶ配置売薬業を営んでいたが高齢者を除いて大半の売り子が召集された。伊兵衛が親しくしている同業者どの業者も戦争に人手をとられているのは同じだった。伊兵衛は廃業に踏み切ったが間もなく終戦になった。

農地解放で鶴亀屋の田畑の大半が小作人に渡った。預金は封鎖され、続くインフレで貨幣価値が下がった。伊兵衛はすっかり力を落とし、寝たり起きたりの暮らしになった。

伊兵衛には二人の息子がいたが相次いで亡くなり、次の鶴亀屋の当主にする心づもりの曾孫の隆一は終戦当時の昭和二十年はまだ、国民学校初等科の二年生だった。

伊兵衛夫婦は隆一が乳離れもしないうちから離れで一緒に寝起きしていた。

伊兵衛たちは隆一をどこへ行くにも連れて行って、両手で包んで指の間からそおっと息を吹きかけるような可愛がり方だった。しかし、徳治がいなくなってからは、婚家から金を盗んで逐電するような不甲斐ない父親の轍を踏ませないために、折に触れて伊兵衛独自

の帝王学を授けた。

　徳治のことを思い出すと腸が煮えくり返る。三百円の金が惜しいのではなかった。巡査の初任給が四十五円、教員が五、六十円位だった。伊兵衛には蚤に噛まれたほどの痛痒も感じない金額だったが、人を見る目がなかったことが悔しかった。そのために孫の菊子に辛い思いをさせた。

　菊子の結婚相手として高学歴や、将来性のある職業の青年が候補に挙がった。伊兵衛には菊子に持ち込まれたいくつかの縁談のどの相手にも、勝るとも劣らないという自信があった。

　しかし、店の肥やしは親父の足跡という商業理念に固執する伊兵衛は、実際に配置売薬の旅に出て、お得意さんにふれ、様々な労苦を知っている者の方が、帳場机の前に座り顎の先で雇人を動かす者よりも、鶴亀屋の商売にはより貢献すると信じていた。伊兵衛自身も父親が病気で臥せるまで、行李を背負って旅に出ていた。

　菊子と徳治の仲人を頼まれた村長が、菊子ちゃんがよう承知したなとぽろりともらしたとき、県の有力者のもやしのような三男坊より、いざというとき鶴亀屋の屋台骨に肩を差し入れてぐっと担ぐ、そんな力を子飼いの番頭に期待して徳治を婿養子に選んだのだと自説を開陳した。

　長男である菊子の父親が亡くなったときその妻の早苗を次男と娶らせた。

早苗の美形もさることながらその頭のめぐりのよさに舅の伊兵衛が惚れた。男たちは鶴亀屋という扇子の骨だ。その骨を束ねる要の位置に早苗がいれば、鶴亀屋は末永く繁盛すると、伊兵衛は息子たちよりも嫁の早苗に人知れず期待をかけていたが、腎臓を患って呆気なく死んだ。

親から引き継いだ配置売薬業を、倒産した同業者の得意先まで引き受けて大きくし、田圃も買い足し小作に出していた。儲けることはうまくいっていた。しかし、後継者には恵まれなかった。ことごとく伊兵衛の当てがはずれた。

残るは曾孫の隆一だったが今度は譲り渡すべき事業がなくなった。伊兵衛が隆一にさずけようとした帝王学は無に帰した。

行ってきます、ただ今と隆一は大きな声で叫ぶ。百点のテストはこれ見てと得意げに広げて見せる。そうかそうかよかったなと褒めながら、この曾孫が独り立ちするまで見守ってやれないのがつらかった。

だから、配置売薬の旅先で芸妓と心中した長男のことを恨みがましく思い出す。

次男も旅先で感染した淋病をなまじ薬屋だったばかりに自分で治そうとして、逆に悪化させて死んだ。

長男、その嫁の早苗、次男と間をおかずに逆縁の弔いを出した。長生きもやおいかんとこぼしたこともあったが、今はこの曾孫のためいっときでも長生きしたいと思っていた。

走って帰ってきた隆一が雑嚢を肩から外して縁側に放り出すと、いつものように、

「じいちゃん、ただいまぁ。きょうは三角ベースばするもんね。俺ピッチャー」

と、伊兵衛に声をかけた。しかし、ああ、おかえり、学校はどうじゃったか、百点をもらったかというういつもの声は聞こえなかった。

「紙芝居のお金、五円ちょうだい」と隆一が言っても返事をしない。

「早く、早く」とゆすられた伊兵衛は、ぐらりと隆一にもたれかかってきた。

かつて曾孫隆一の守護神を自認していた伊兵衛は、九歳の隆一にしっかり支えられた。

隆一の叫び声を聞きつけて大人たちが駆け付けるまで、隆一はじいちゃんじいちゃんと呼びかけた。

家中に睨みを利かし、あねどんやかよいのおなごしに恐れられていたサメは伊兵衛という箍《たが》が外れて呆気なくばらけた。


あねどんの民子は十八歳で結婚したが一年で夫と死別して、実家に戻るとすぐ鶴亀屋に女中奉公に入った。菊子より二歳年上だった。

終戦直後世話する人がいて復員兵と再婚したが、戦場でなにがあったか不能者となって帰還した。不能になっていたことは民子と結婚するまで気付かなかったと謝った。

それが嘘か本当かは民子には分からなかったが、何がなんでも添い遂げたいと思う気持ちはなかった。

ある晩民子は夫の寝息を窺いながら風呂敷に当座の着替えを包んで間借りの部屋を出た。足は迷うことなく鶴亀屋に向いていた。長年鶴亀屋にいたから、長兄の代になっている実家の敷居はなんとなく高かったし、鶴亀屋から嫁に出たのだからという思いもあった。

鶴亀屋でも何の違和感もなく戻ってきた民子を迎え入れた。いちいち教え込まないでも、つーと言えばかーと応え、阿吽の呼吸で働く民子は、サメにも菊子にも重宝な存在だった。サメが惚けてから民子がサメに付ききりのようにして世話するようになった。

農事は伊兵衛の代から出入りしている小作人だった春雄一家がやってくれている。仏事だ祝い事だのときは民子の采配で春雄の妻が手伝ってくれる。

「うおぉ、うおぉ」とサメが大声を出している。菊子はしばらくほっておいたがいつまでもやめないのでサメの部屋へ行くと、民子はいなかった。いつも廊下の端においてあるサメの汚れ物入れのバケツがなかった。裏の川へ洗いにいったのだろうか。

屋敷の裏には集落を縦断する幅二メートル足らずの浅い流れがある。鶴田家では水際へ下りる足場を作って洗い場にしていた。

昔、この流れで隆一のおむつを洗っていた民子は、今、サメのおむつを洗っている。水は三尺流れたら清められると言ったものだった。下流では畑から採った野菜の泥を落としている。

サメの「うおぉ、うおぉ」は「おたみい、おたみぃ」と民子を呼んでいるのである。

「民ちゃんは洗濯よ。裏でうんこのついたおむつを洗っている」

と、廊下まで這い出してきているサメに言うとサメは何か叫んだ。どこかに正気が残っている。もうすぐ民ちゃんが来るよと言いながら立ち去ろうとすると、サメは沓脱の石の方へ手を伸ばして身を乗り出そうとした。石の上にサメの鼈甲の櫛が落ちていた。

その櫛は菊子が物心つくころからサメの頭に挿してあった。最初の記憶は丸髷だった。次はたっぷりの黒髪をうなじに大きく束ねた髷に、最近は民子が丹念に梳って結い上げてくれた小さな髷に挿していた。

たっぷりとした髪に鼈甲の櫛はよく似合っていた。髪は櫛を引き立て、櫛は髪に馴染んでいた。生え際が薄くなって毛が細くなった白髪頭に鼈甲の櫛は見るからに重かった。

「なあに、これを拾いたいとね」

と、菊子が囲んで櫛に手を伸ばそうとしたら、サメはだだだだと叫んで菊子を摑んだ。立ち上がった菊子は足でサメを押しやった。

洗濯を終えた民子が戻ってくると、サメは沓脱の石に頭を打ち付けて息絶えていた。石の窪みの血だまりに、長年皮脂や髪油を吸ってねっとりと光る鼈甲の櫛があった。櫛に届くか届かないかのところまでサメの皺んだ指が伸びていて、廊下に掛った足の着物がめくれ、おむつが丸見えになっていた。

おばあちゃん、おばあちゃんと叫びながら民子はとっさにおむつを隠した。

惚けたサメを大奥さんとかご隠居さまと呼ぶのはどこか痛ましかった。だから民子は幼児に呼びかけるように、あやすような口調でおばあちゃんと呼ぶようになっていた。

伊兵衛に素顔を見せたことがなかったというサメの眉毛はすっかり抜けていた。毎朝薄化粧をする。晩年は眉を引くためだけに鏡台に向かったが、サメの顔を横から見ると一本の毛もないのがわかる。

「おばあちゃん、眉ば描きまっしょうか」

と、民子が言ってもぼんやりと首を振るようになったのと、失禁するようになったのはどちらが先のことだっただろう。

しかし、どういう由来でサメの物になったのかつい聞き漏らしたが、鼈甲の櫛への執着は生半可なものではなかった。現に沓脱に落とした櫛を拾おうとして命を落とした。

葬儀が終わって人が退いて、サメの介護から手が離れた民子はよく仏壇の前にいた。ある日民子は座敷の前を通りかかった菊子に、おばあちゃんはなしてあげん櫛を大事にしなさったとやろかと問いかけた。

知らん、と菊子は素っ気なく言いながら座敷に入ってきた。そして、

「櫛というのは使っていた人の執念やら怨念やらが染み着いているみたいで気色が悪い。大方じさまの妾に目をつむる代わりに高い櫛を買わせて、年がら年中頭にさしてじさまを牽制していたのかも知れない。おサメさんがしそうなことじゃんね。棺桶の中に入れたと思ってたけど。納骨のときは忘れんように墓に入れよう」と言った。

民子は骨壺の後ろに隠すように置いていた櫛を取り出すと、エプロンの端でそっと拭い

てなまんだぶなまんだぶと呟いた。それを見ながら菊子は、

「ずっとあたしより民ちゃんを頼りにしていたから、民ちゃんがよかったらそれあげるよ。おばあちゃんも民ちゃんに使ってもらったら喜ぶよ」

「おばあちゃんの形見なのによかですか」

そう言いながら民子はエプロンのポケットから取り出したちり紙に大事そうに包んだ。

「よかよかそんな古い物。時代が違うよ時代が」

と、言いながら菊子はパーマを当てた髪に手櫛を入れた。

民子は幼児の頃から親代わりになって育ててくれたサメの遺品に、一切関心を示さない菊子をどこか合点がいかない思いで見上げた。


ある夜、村の若者が民子の部屋に夜這いしてきた。竈屋《かまどや》と呼ぶ台所の土間をはさんで味噌部屋とあねどんの部屋がある。同じ屋根の下なのだが竈屋の広い土間を隔てているので菊子は気付かなかった。

昨夜はこれこれで、あれはたぶん桶屋の次男坊の出来損ないに違いなかと息巻きながら、

「うちが二度も出戻ったけんて馬鹿にして。昔、登しゃんに結婚しようて言われたことがあるとよ。返事する前に出征してしまった。生きて帰ったきたやろか」

と民子は遠くを見る目つきをした。

「そうねえ、じきまは餞別をはずんだとよ。生きて帰ってるなら、せめて葉書の一枚もく

れたって罰は当たらんとにね。口には出さなかったけど、じさまも待っとったと思うよ」

日の丸を振って見送って以来久しぶりに登の名を口にしたのだが、菊子の形の良い唇からは、伊兵衛のために登を誹《そし》っているような言葉がするりと出てきた。

それまでは古川登という男が、この世に存在したことさえ菊子の心から消えていた。ふっと登が民子に求婚したのはあのことの後だろうか、先だろうかと思ったが、いずれにしても古い話だし、まして民子に確かめられるような話ではなかった。


農地解放後に残った田圃の一部を売って資金に充ててアパートを建てた。

菊子は生活苦という言葉には縁がなかった。祖父伊兵衛が残したもので、菊子は息子を大学にやり、今は民子と二人十分に生活できた。息子夫婦のことを除けば特に心を煩わせるようなことは何もなかった。


おやすみなさいと言いながら息子隆一の妻の藍子は部屋を仕切る襖をぴしゃりと閉めた。

菊子は頭に血が上った。いいじゃないか一晩や二晩。本当は二人の蒲団の間に自分の蒲団を敷きたいくらいだ。菊子は襖を細めに開けた。気が付いた藍子が何かご用ですかと起きてきた。別にと菊子が背中を向けるとまた襖を閉めた。

新婚旅行の土産を持って初めて訪れた藍子を菊子も民子もそれなりに歓待した。かつてはたまに帰郷した隆一がビールを飲むときにお酌をするのは母親の菊子だった。

民子がテーブルに置いたビールに藍子が手をのばした。藍子が隆一に、隆一が藍子に注ぐとふたりで顔を見合わせて、かちりとコップを打ち付けた。菊子や民子の前にもコップが置いてあったが完全に無視された。たとえ隆一に二人は酒は一滴も飲めないと聞かされていても、形だけでも注いで四人で乾杯するのが礼儀というものだ。

菊子は腹の中でどんな躾をされて育てられたのか、いや、あの親の子だからこんなもんたいと腹の中で毒づきながら民子と顔を見合わせた。

結婚式の時の藍子やその両親への反感は一先ず納めて藍子を受け入れたつもりだったが、目の前の二人を見ていると隆一を藍子に取られたような思いが募ってくる。夜中に尿意で目を覚ました菊子は廊下に出ずに、襖をあけて隣室に入った。

隆一が目を覚まして何しているのだ母さんと怒鳴った。

「あらごめん、いつもひとりぼっちだもんだからお客さんのことは忘れてた。おしっこ、おしっこ」

と、隆一たちの部屋から廊下に出た。

二晩目、菊子が開けておいた襖をまた藍子が閉めた。

暗がりに目を凝らして天井を見上げた。いつもは寝つきが良いのになかなか眠れない。眠れないままにとりとめもなく昔のことが頭に浮かんでくる。

伊兵衛が県の有力者のもやしのごたる三男坊と言ったのはまだ帝大生だった高島博信のことだった。博信が菊子のために蒲団をめくってくれたときのもんわりとした温もりと煙草の匂い。隆一の父親は徳治だろうか、それとも……。隆一の聡明さは徳治から受け継いだものではない……かも……。博信とは女学校の時の恩師の通夜の席で久しぶりに会った。博信は母親の代理できていた。恩師は故郷の長崎で亡くなったので、菊子は宿をとって参列していた。

伊兵衛が手配してくれた宿がたまたま博信と同じ宿だった。遠出のときには付いてくる春雄の妻は悪阻で苦しんでいたので、伊兵衛の心配を振り切ってひとりで長崎へ行った。博信の父親は曽根崎町の出身だった。博信も一家で佐賀に引っ越すまでは、菊子と同じ小学校だった。おお、君は、あら、あなたはと幼顔を重ねて挨拶した。通夜も葬儀も近くに座って言葉を交わした。

菊子の意思は無視して一方的に徳治との養子縁組が進められていた。どことなく浮かれているような徳治が疎ましかった。嬉しさを押し隠した徳治のにやけた目つきに唾棄したい思いだった。

伊兵衛も徳治も菊子が旅先で偶然会った昔の知り合いに自分から身を投げ出すとは夢にも思わないだろう。この機会を逃したら、一生鶴亀屋に縛られ醜男の徳治に思うままにされる。博信との間に既成事実を作って徳治から逃れたい。伊兵衛も菊子が傷物と分かって徳治に押し付けたりはしないだろうと、思いめぐらして菊子から博信の部屋に行った。

菊子宛ての男性名の手紙を伊兵衛が開封したことを菊子は知らなかった。また逢いたいなと言った博信の言葉を信じて連絡を待っていた。月経不順の菊子はいつ妊娠のために月の物が止まったか気付かなかった。

産婆が月足らずなのに元気なややだと何度も言っていたのは何故だ。そんなことを考えているうちにいつの間にか眠っていた。

隣室から聞こえる空咳に目を覚ますと菊子はしばらく闇に目を凝らしていたが、起き上がり足音を忍ばせて竈屋に行くと出刃包丁を持ってきた。そして、襖に突き刺すと力を入れて一気に切り裂いた。二枚目包丁の刃を上に向けて両手で柄を握ると藍子の心臓を目がけて、三枚目藍子の父親、四枚目藍子の母親と次々に突き刺した。高名な墨客に書いてもらったという伊兵衛自慢の張継の漢詩風橋夜泊の六枚絵の襖は廃物となった。高価な襖と引き換えに藍子親子を抹殺した。

隆一が電気を点けた。

「なにやってんだ」という隆一の怒声。藍子の悲鳴。

「蹴破ろうと思ったけど足を怪我したら痛いから」と、出刃包丁を放り出した。

東南に付きだした六畳間が菊子の寝室だった。風通しや日あたりの良い部屋だ。

初めて婚家を訪れた花嫁の藍子と隆一は表座敷に床をとった。仏壇や床の間のある十二畳の書院造の部屋だ。その座敷に続けて十畳がある。昔は結婚式も葬式もこの二間でやってきた。

菊子は隆一たちが帰ってきたので表座敷続きの十畳間で寝ることにしたのだった。

菊子が自分の胸に隆一を抱くのは授乳の時だけだった。あたしゃ乳母どんじゃなかと言いながらもそれほど育児に執着しなかった。徳治は他の番頭と同じに旅に出ていたから、伊兵衛から帳付を教わり、やがては徳治の手に渡る鶴田家の財産目録も見せられてその管理の仕方も諄々教えられた。

「売りどき、買い時はな、もうはまだなり、まだはもうなりと言うとじゃ。しっかり世の中の動きに目を凝らし、耳を立てとかんと大やけどする。今はまだ徳治には売り子たちの手綱の引き方を覚えさせろ。あんまりきついと辞めていく。油断しとると、商品も売上金もちゃちゃくちゃらにされる。人を使うのは難しか。徳治が安心して旅回りできるごと内証はお前がしっかり握っとけ」

と株券を前に言われてもこの紙切れが損得を生むとは実感できなかった。

家事はあねどんがする。育児はサメが隆一を放さない。菊子は否応なく伊兵衛の傍らで家業の帳付を覚えていった。

家業第一に菊子を縛り付ける伊兵衛に反発しながら、その経済観念はじわじわと菊子に浸み込んでいった。後年のバブルと呼ばれた好況時、同じ町内の主婦は薦められるままに大金をはたいて株を買った。上がると言われた株価が暴落した。その主婦は毎日バスで久留米の証券会社に日参したあげく縊死した。

菊子はまだはもうなりに従って売り抜けた。翌日その株券は紙切れと化した。土地も然り。伊兵衛が持っていた家作の跡地を売った。隣地の地主はもう少し待ったらもっと高くなるからまだ売らない方がいいと菊子に忠告したが、菊子が売ったときがバブルの頂点だった。

民子は縊死した主婦を引き合いに出して、

「菊子さんはどこまで運《ふ》がよかとじゃろか。天は二物を与えずと言うげなばってん、菊子さんは、頭はよか、器量もよか、金運もよか、なかもんはなかね」

と単純に称賛した。

株の配当金は積み立てておいて、株主割当増資株の購入に充てて手堅く持ち株を増やしている。が、一度だけどこか面影が隆一に似ている若い証券マンの薦めにのって新しい株を買った。さっさと売り抜けて事なきを得たが、いざとなったらその株を塩漬けにしておくだけの覚悟もゆとりもあった。死んだ主婦との違いはそこだけだったが、民子にはよく理解できなかった。

隆一を菊子から取り上げた伊兵衛夫婦は一体隆一をどんな育て方をしたのか、隆一が母ちゃん、母ちゃんと甘えることはなかった。菊子を見る目もあねどんを見る目も同じに感じられた。隆一は東京と鹿児島の中高一貫教育の全寮制の進学校を受験し、どちらも合格して東京の学校を選んだ。大学卒業後そのまま東京に本社がある商社に就職した。

在学中もあまり帰省しなかったが、しかし、たまには菊子と民子の黴臭く澱んだ空間に、男の匂いを運んできた。

菊子は無意識に博信の姿を重ねて、立ち居振る舞い箸の上げ下ろしまで、うっとりと隆一を見つめていた。

風呂上がりに仕立て下ろしの浴衣のしつけを解き、肩にかけてやりながらさりげなく肩甲骨をなぞったりした。

隆一が学生時代から付き合っていた藍子と結婚したいと言ってきたときは、もう菊子が口出しするような段階ではなかった。婚約の事後報告のようなものだった。隆一の嫁さんを菊子なりに思い描くこともあったが、離れて暮らしているから仕方ないことかとあきらめた。

中学生のときから東京で暮らし、就職先の商社も東京だし、結婚相手の藍子も東京生まれの東京育ちである。勢い披露宴の招待客は東京在住者が中心になる。仲人は隆一の勤務先の上司。一切合財が東京風に進められるのは致し方ないと理解してはいるが、どうしても藍子の側に手綱を握られて向こうの言いなりにことが進められたのではないかと、菊子は面白くなかった。

挙式、披露宴ともにデパートで行われた。花嫁支度はデパートの美容室が担当した。挙式に続く披露宴はなかなか豪華なものだった。

挙式や披露宴に出た民子は始終涙を拭ってばかりいた。披露宴のあと、ホテルに一泊するという新婚夫婦をデパートの通用口で見送った。とっくに閉店していたから正面入り口は閉まっていたのだ。会場から出口までの直通のエレベーターが次々と人を吐きだした。

新婚夫婦を囲んだ一団が万歳を叫んだ。二人が乗ったハイヤーに近づいて新婦の母親が何か言っている。

ウインドーを下げて新婦が笑いながら両親や見送りの人に手を振った。菊子と一瞬目が合ったが菊子たちには手を振らなかった。

新婦の両親はどうもおつかれさまでしたと挨拶はしたが、自宅に誘わなかった。

結納金、式の費用、新婚旅行費、菊子は惜しげもなく金を遣った。隆一たちにしてやったとは思いたくないが割り切れない思いだけが残った。

遠いところからお出でになったのだから、是非家にもお寄りくださいという感覚はないらしい。

「ではここで、お気を付けてお帰り下さい」

と挨拶して両親は引き出物を両手に提げて、さっさとタクシーに乗った。その後ろ姿を見送りながら、民子は、

「嫁さんの親がどげな家に住んでいるかぐらいは見せてくれてもよかろうになぁ」

と、菊子を見た。

「家で式を挙げたらこんな裏口からハイヤーに乗らんでもよかったとに」

菊子は吐きだした。

そして百貨店とはよういうたもんたい。結婚式をするなら葬式もしよるとじゃなかねと、デパートを見上げた。

藍子の実家の東京流とでもいうのか、他人行儀で距離を置いたやり方と併せて藍子が疎ましくなった。鶴田家の格式は最初から無視されている。

菊子としては隆一に藍子と言う人形を与えたつもりだったが、菊子の不本意は人形が意志を持っていたことだった。お人形の筈だったのに親子で隆一を取り込んでしまった。

「隆一は養子にやったとじゃなかよ」

と苦々しく言ってやったが藍子には通じなかった。

結婚後二年目に隆一は海外に赴任することになったが、渡航前に隆一だけが別れを言いにきた。暫くは帰ってこられないから母さんも、民おばさんも病気やけがに気を付けてと言う隆一の言葉に、民子はやっぱり坊ちゃんはやさしかとうれし泣きした。

海外に長く駐在しても二年に一度は帰国させてくれるという。今度会うのは二年先だからねとさばさばと言った。もともと隆一には望郷の念なぞなかった。

それまでもよく海外に出張していたらしいので、隆一たちにはアメリカ駐在もそれほどおおげさに考えることではないらしい。

隆一夫婦が海外赴任して以来時々海外での日本人の遭難や事故が報じられ、死者の名前が映し出されるとき、傍らの民子とまあ、気の毒にとか親御さんがかわいそうねと会話しながら、目は無意識に藍子の名前をさがしていることがある。

民子が鶴亀屋のあねどんに雇われてから何十年経つだろう。これだけ長く一緒にいるともう姉妹か親子のようだった。遠くの親戚より近くの他人とはよく言ったものだ。

菊子は父方には叔父叔母も従姉妹もいないし、自身一人娘。二十代で独り身になった。息子夫婦は長く海外駐在。親子兄弟で慈しみ合って暮らしたことがない菊子にはそれが孤独な境遇だとは少しも感じていなかった。

菊子がこういう境遇でなかったら、又、民子に親身な身寄りがあったら、こうも長く一緒にいなかったかもしれない。雇い主、雇われ人の意識はとうになくなっていた。

昔は年季奉公で一年にいくらと決めた金額をたいていは親が受け取っていた。年季があけるのをなたなげと言う。民子は両親が亡くなってからは、サメから月々小遣いの形で受け取った。サメが亡くなってからは、家計費として月々受け取り、遣り繰りして残ったものを自分の小遣いにした。

米は自家米、野菜もほとんど自分の畑で採れる物で間に合う。昔ながらに沢庵、白菜、高菜と民子はまめに漬けていた。

食品の買い物は調味料や肉、魚などでたいしたことはない。最初民子は金釘流の文字で出納帳を付けていたが、菊子がよかよかと言ってろくすっぽ見てくれないのでいつの間にか止めてしまったのだ。出納帳を付けなくなったころから民子の中から雇われているという意識が薄れていった。

民子は菊子の同居人で、健康保険も年金も菊子が負担してくれているし、昔は盆には藪入りの小遣い、正月にはお年玉をもらっていたが、今でも盆正月にまとまった小遣いをもらう。

いよいよ動けなくなったらふたりして養老院へ行けばいいと冗談半分、本気半分で笑い合いながら老いていく。

広い屋敷の掃除、草取り、畑仕事と体を使ってきた民子と、お茶だ、お花だ、やれ、友達との食事会だと体に無理をさせていない菊子とは見た目に大きな差が付いていた。齢よりもうんと若く見られる菊子と、日に焼けて皺が多い民子とでは実際には二歳違いが嘘のようだと言われることがある。

昔、民子はサメには大奥さん、菊子を若奥さんと呼んでいた。サメが亡くなってからは若奥さんが奥さんになったが、それもいつしか菊子さんになった。世の中は変わってきてあねどんや女中は差別用語ということで使えなくなった。菊子の世代ではお手伝いさんはどこか馴染めなくて空々しかった。

民子はここを出たら行くところはない。かつての実家は甥の代になっている。その甥が生まれたばかりのころ鶴亀屋に奉公にきたから馴染みがない。

田植え前の集落揃っての溝浚え、氏神の祭事の当番、檀那寺の諸々、それらは民子が全部出る。菊子よりも周囲に馴染んで溶け込んでいた。

一週間のサイクルで台風が上陸する。九月十四日の台風十七号は強烈だった。民子が伊兵衛の代から出入りして女手にあまる雑事をこなしてくれている春雄に頼んで作ってもらっていた五坪ほどの温室が吹っ飛んだ。ふたりは細めに開けた雨戸の隙間から、温室の屋根のビニールトタンがばたばた煽って、一枚ずつ剝がれて飛ぶたびに、あれっあれっと声を上げていたが、屋根は直ぐなくなった。風に煽られて壁のビニールは支柱ごと吹き倒され、支柱から吹き千切られたビニールは大きくはためいてどこかに飛んでいった。

ようやく片付けが終わって、再び温室が出来上がってすぐ十八号に続いて二十七日に最低気圧九百二十五ヘクトパスカルという巨大な台風が上陸した。

ニュースで気圧を報じられるがそれがどれくらい強い風なのか想像がつかない。春雄が早くから家の周囲を見回って、雨戸を立てて、吹き飛ばされないように表から斜交いに板を打ち付けてくれた。

十七号のときのように雨戸の隙間から外を覗くような余裕はなかった。ふたりはそれぞれの蒲団を座敷に持ってきた。

蠟燭の灯りの中で渦巻くような風の悲鳴、ばりばりと何かが剝がれる音、ぶつかってくる音を首をすくめて聞いていた。民子は短くなった蠟燭を取り替えながら、大旦那さんおばあちゃんなまんだぶなまんだぶと唱えて鉦を打ち、ついでにお頼みします、お頼みしますと床柱を擦った。

台風一過の晴天下に無残に破壊された光景が広がった。

鶴田家は倒壊はしなかったが、屋根瓦に大きな被害があった。そして化学実験で甦った怪獣のように、失踪した菊子の夫徳治が白骨体となってこの世に現れた。

何で今頃という思いにあやうく舌打ちしそうになって、しゃれこうべの虚ろな眼窩をねめつけた。音もなく菊子の後を付いてきた民子が、屈んだ菊子の上から覗き込んで、

「やっぱり」と呟いた。

「何が」と、急に振り仰いだので菊子は天地がひっくりかえるような眩暈におそわれてシートの上に這いつくばった。


徳治の失踪はかれこれ五十年も昔のことである。周囲も七十、八十の老人が、そう言えばそんな話もあったと、白骨体が掘り出されたので思い出したくらいのことだった。

当時のことを知っているのは菊子と民子だけで、民子は、

「親の危篤で二、三日暇をもらって里へ帰っていた。鶴亀屋に戻ってきたときもう若旦那はいなかったから何も知らない」

と、言った。菊子は、

「女が床下に穴を掘って大の男を埋めるなんてとても一人でできる事じゃない。私には徳治を殺さなければならない理由がない」

と、突っぱねた。

徳治が亡くなったときはまだ二十代だった。本当に誰がうちの人を徳しゃんを殺したのだろうかと、問われてひたと見つめられると、その目力に調書をとる警官はおたおたと目をそらした。何分にも古い出来事で、警察の取り調べもおざなりだった。

「葬式をしなければならんのだろうか」と言う菊子に、

「そうなあ、葬式ぐらい……」

と民子は菊子から目をそらして呟いた。

警察や市役所への手続きに奔走してくれた春雄と僧侶と菊子、民子で簡単な葬式の真似事をした。隆一はまだアメリカにいたし、徳治の身内とも失踪以後縁が切れて連絡の取りようがなかった。

サメの納骨以来四十余年ぶりに鶴田家の納骨堂の石の扉が開かれた。徳治は鶴田家の縁に連なる者として墓誌に名を刻まれた。

新築の家が出来上がった。菊子の部屋も民子の部屋も床はフローリングにして、寝起きが楽なようにベッドを入れた。元の家に比べるとすべてが小ぶりだった。

時々民子は磨きこんだ床柱や二間続きの座敷を囲む廊下の艶を思い出して、あげん一生懸命磨いたとにどこへ持って行かれたとやろかと懐かしんだ。

今は新築工事をした業者の紹介で月に一回専門の清掃業者がきてくれる。民子は業者が帰ると臭い臭いと言って窓を開けて回る。一度に薬で光らせようとしても、時間をかけて磨き上げた足の裏が吸いつくような艶は出ないと言う。

お互い歳じゃない。しこしこ磨いて光る前に死んでしまうよ。楽をしよう楽をと菊子は民子の愚痴に付き合わない。

八十歳を超えた民子は昔のことばかり口に出すようになったが、からりとした体つきでぼちぼち畑仕事も庭掃除もこなす。菊子は地区の婦人会や老人会に入会することを嫌った。理由は年寄り臭いことが嫌だし、毎月一日と十五日のお宮の掃除が嫌だったからだが、民子はどちらにも入会して行事には欠かさず参加するし、敬老会に招待されて記念品や弁当を菊子の分までちゃんともらってくる。ボランティア、ボランティアといそいそ出かける。

毎日四時間、土日を除いて家政婦がきて家事や買い物をしてくれる。時間内に掃除も洗濯も含まれているが、昔気質の民子は自分で洗ったパンティをクリーニング屋の針金のハンガーに穿かせて、人目に付かないように裏の物置の陰に吊るす。

一枚だけ風に揺れている実用一点張りの色気のかけらもないパンティは、慎ましやかというより、何か家族から弾き出されているような惨めさを感じる。

菊子が小物干しに吊して南側に造った物干し場に出せと言っても、昔からこうしていたと言って一向にやめない。建て替え前の家では菊子が気付かなかっただけかもしれなかった。

新しい家は皿の上のケーキのように剝き出しで、きれいで、古く大きな屋敷が持つ陰も秘密めいた臭いもなかった。

戦後まもなく建てたアパートは途中一度立て替えたが、昨今地方では一世帯に二台分の駐車場がいるようになった。古くなったたし、駐車場は狭いしで空き室が出始めたので菊子は更地にして売却した。

毎月収入があるのもいいが先が見えてきた。売って一度に入ってきた金をぼちぼち遣うのも同じことじゃないの。年寄り二人の生活費なんてたかが知れてると言う菊子に、民子は人間いつ死ぬか分からない。百歳過ぎるまで生きていて大病をしたらどうするかと不安を口にした。

菊子は財産を残して死ぬのは仕方がないが、隆一が相続することで藍子まで潤うのは許せない。孫でもいれば別だが、むしろ年とってから、小遣いだ、病院代だと藍子から毟り取りたいよと真顔で言う。

道ですれ違ってもお互いに分からないだろう。もう三十年も四十年も顔を見ていない。その三十年、四十年の時間の空白が憎しみの原点を鮮やかに保っているのかもしれなかった。

新聞には肝心の新聞より重いくらいのチラシが入っていることがある。金曜日は特に多い。菊子はパチンコや自動車のチラシも一応広げて、紙面に目を走らせてから畳んで重ねていく。年寄り二人の生活にこれはと飛びつくようなものはそう入っていない。

膝痛や腰痛の広告を見て何度か買ってみた。使用前、使用後のようなはっきりとした効果を感じる前に飽きて長続きしない。

墓地、墓石のチラシが入っていた。このチラシこそ鶴田家累代の墓があるので必要なかったが、

「民ちゃん、海が見えると言うこの墓地を買おうか」と、そのチラシを民子に渡した。

「ここの家にはあげん立派な墓があるとに」と民子は怪訝な顔をした。

「うん、ばってん民ちゃんは鶴田の墓に入らんやろう。民ちゃんと二人で入る墓を買おうかね」

「あたしゃ、叡福寺の裏の藪の中でよか。土饅頭でよか」

「民ちゃんも一人では淋しかろう」

「やっぱり、若だんさんと一緒は嫌な？」

よく聞き取れなかった菊子が、はあ？　と聞き返したが、民子はどっこらしょと声を出して立ち上がった。

菊子は新聞のお悔やみ欄に目を通した。故人の住所氏名享年、通夜葬儀の日時場所、喪主の氏名が記載されている。遺族が希望しなければ記載されない。参列しなければならないような葬儀は直接連絡が入るが、時には思いがけない人の訃報を目にすることもある。

この頃中年男性の喪主が父親や母親のことがたまにある。未婚者なのだろうか、バツ一だろうかなどと死者の背景を想像しながらざっと目を通す。市内でのお通夜や葬儀の案内はなかった。

民子が足腰弱らないようにと始めた朝の散歩で、小石につまずいて大腿骨を折って入院した。

菊子が友達と旅行して何日も家を空けることはよくあった。海外旅行もした。菊子民子の二人暮らしが始まって、民子の長い不在は初めてのことだった。

もう民子がいなくても特別不便を感じることはない。日常生活はちんまりとしている。家政婦が来る。春雄がちょくちょく顔を出して買い物をしてきてくれる。しかし、居るべき者が居るべき場所にいないことにいらだつ。

病室に顔を出した菊子に治療費の支払いをするからお金をおろしてくれと頼んで、通帳や印鑑のしまい場所まで教えた。

よかよ、私が立て替えておくからと言う菊子に、もういつ死ぬか分からないのだから、なるだけ借金はせんごとせにゃと笑った。なんね、今更水臭いと言いながら菊子は銀行に行くことを引き受けた。

民子は几帳面だからタンスの引き出しを開けると、中に入っている物が一目で分かる。預金通帳は最上部の三つに仕切られた小引出しに入れてあった。民子が言ったとおり折り畳まれた風呂敷をとると仏事の袱紗とその下に数珠入れがあった。錦の数珠入れと通帳を取り出すと、四つ折りにした紙が足元に落ちた。

ちらと数字が見えたので通帳の暗証番号でもメモしているのかと何気なく開いた。

菊子は紙片を貫くような眼力でそこに書かれている文字を追った。二度、三度。

古川登　〇九四二―八一―八三××

何で民子が、同じ市内にあの登が。

通帳をひらいて見た。入院の直前まで記帳されている。その残高に驚いた。預金を引き出しているのは登だと直感した。

菊子に隠れて登に会っていたことに腹が立った。一体いつから身ぐるみ剣がされる関係になったのか。菊子はこめかみをひひくひくさせながら五万円に満たない残高を見つめた。

菊子に対して結構しれっとものを言う民子がこのような回りくどいやり方で窮状を伝えたのは、民子なりに知恵を絞ったのだろう。

「馬鹿ばい」と口に出して通帳を元に戻した。

菊子は自分の通帳から十万円をおろして、病室の民子に黙って差し出した。民子は数秒菊子を見上げていたが目をそらして寝返りをした。菊子は民子の背中に、

「いつから登しゃんと連絡していたとね」と問いかけた。

「あの台風の少し前から」

「なんであたしに言わなかった」

「登しゃんが言わんがよかて言うたけん」

「あの話ばしたとね」

「……」

「向こうから何か言ってきたとね」

「いや、古川整骨院の電話番号を探していたら偶然見つけた。同姓同名かもしれんと思うたばってん、かけてみた」

「あんとき、徳しゃんが掘り出されたとき、なして警察にあたしが殺したと言わんじゃったと。菊子さんが殺したとですて。登しゃんが共犯で捕まるとおもうたとね」

「あたしゃ……鶴田を出たら行く所がなか」

と言って、民子は頭まで蒲団を引き上げた。

「もう、三度も四度も時効になってる。警察に言ってもどうってことはなかったとに」

「白骨が出てくるまでは本当とは思わなかった。登しゃんの作り話かも知れんと思った」

とくぐもった声で応えた。

「あんた貯金はあれだけしかなかとね」と、菊子が訊くと蒲団から顔を出した民子は涙目の視線をおどおど泳がせた。

「嫁さんにすると言われて金を渡したのね」

「うんにゃ、まさかこの歳で」

「じゃあなんで」

「菊子さんの秘密を知っとるて。若だんさんのことを。自動車の修理工場をしながら、中古車の販売をしていたけど金の遣り繰りがつかんごとなって、金を払わないと訴えるて言われてる。警察に捕まったら徳しゃんの……菊子さんのことを喋るかもしれんて」

「登の借金とあたしゃ関係なかじゃんね。なしてあたしに言わなかったとね。ふん、登のきゃあふ（腰巻）被りが、あたしには言えなくて、民ちゃんを脅して。あたしが談判してくるよ」と、息巻くと、民子は、

「おおごとにせんどいて。白骨のことはもうみんなが忘れよるとに。今更騒いだらいくら時効になっとっても、こげな田舎町では世間を狭くするだけやけん」

と、言い、そして、

「一緒の墓に入ってもよかよ」

と、菊子を見上げた。

民子に代わって菊子はすぐに年金の振込先を変更する手続きをした。

菊子は登に電話した。細君が出たら間違いましたと切るつもりだったが、「もしもーし、古川です」と、男の声がした。登の声はとうに忘れているがけして若くは感じられない声に登だと確信した。

菊子は無言で壁にかかった時計の秒針を目で追った。

「もしもーし」と、苛立った声がしている。チェッと言う舌打ちを聞きながら受話器を置いた。民子は入院で留守、家政婦は午後一時から五時まで。一人の時間はたっぷりあった。昼でも夜でも思い出したらかけた。細君はいないのかいつも登が出た。

振込先を変更してから二度年金の振り込みがあった。登は振込先が変えられたことには気が付いているはずだ。無言電話の相手は民子と思っているかもしれない。無言電話が迷惑だと、どこかに相談したり訴えたりは出来ない。

民子は骨折が治癒したあとしばらくはリハビリをしていたが退院してきた。新築の家は建築家が老人二人の生活を見据えてバリアフリーでここかしこに手すりがあった。

民子は古い家の磨きこまれた廊下のことなどすっかり忘れてなんかあたしがこんなになることが分かってたような造りやねと喜んだ。洋式トイレは何より楽だった。車椅子で出入りできるように広くてゆったりしているし、吊り戸になっていて軽いし、入り口の戸を開けただけで便器の蓋がゆっくり開く。

民子は病院のベッドの上で晩年のサメのことを思い出しながら、このまま寝たきりになりたくないと考えて、辛いリハビリに耐えた。

今は専門の介護士がいる。いざとなったら入院すればいいとは思うが、サメの世話をした経験から、おむつを替えてもらうのは辛いことだと思う。惚けたふりでもしなければ気ぐらいの高い人間には恥辱に耐えられないのかも知れない。

脳溢血で体が不自由になったサメは惚けたふりを元に戻せないまま、本当に惚けになったのではないかと民子はずっと思っていた。

退院してまた元の生活に戻ったが、菊子が登のことで何も言わないのが不思議だった。菊子の性格では民子が登のことを隠していたのは許せない筈だ。

登に再会したのは六十代の半ばだった。電話帳の「ふ」のページを指で追っていて偶然見つけた。古川信夫、古川昇、古川登、そこで指先が止まった。えっ、あの登が市内に？まさかと打ち消したが、ひょっとしてという好奇心からダイヤルを回した。

外流しで大根の泥を落としていた民子の横に屈んで、俺と所帯ば持たんね？　と遠慮がちに口を開いた登の、ちょっと恥らった面影は微塵もなかった。目の前のうらぶれた老人に、民子は登しゃん？　と首をかしげて訊ねた。登のそばに寄って、ああ、これが老人臭と言うのかと息を詰めた。

「若奥さんには内緒で出てこんね、あんまりごぶさたしとるけん、ちょっとまあ話もあるたいね」

と言われてのこのこ出てきたことを後悔した。

「こんな話がばれたら鶴亀屋はもう曽根崎にはおられんごつなるばい」と言う脅し。

「民子さんが訪ねてきてくれたのは神さんの助けかもしれん。にっちもさっちも首が廻らんで、手がうしろに廻るかもしれんとことこじゃった。久しぶりに会って何ばってん、ほんに言い難いことばってん、お金を貸してくれんね」

と芝居がかった所作で両手を合わせての懇願。

「お金だったらあたしより菊子さんの方が腐るごと持ってるとに」

と言うと、あわてて菊子さんには内緒、内緒と手を振った。

二十歳のころから鶴亀屋に女中奉公に入って、そのまんま鶴亀屋で年老いた。働くことでは並々ならぬ苦労もあったが、民子もまた金銭の苦労はなかったのである。

着る物、履く物、乳液やクリームなどのわずかな化粧品。婦人会、老人会などの旅行や観劇会などの、民子自身のことだけにしか使わない。身に着ける物も化粧品も菊子のような高級品は買わない。民子もまた身の丈に合った遣い方をしていれば、菊子とはちがった意味でお金に不自由することはない。月々家計費として渡されたものの残りがたまっていくばかりだった。

　貯めようとして貯めたのでもなくましてや爪に火を点すような苦労をしたわけでもない。そこに民子の油断があったのかもしれない。後で借用書を渡すからと言われるままにいつの間にかお金を貸すはめになっていた。

　菊子に内緒で登に会ったため、菊子に事の真偽を確かめることが出来ないままカードを渡してしまった。


　また民子の入院前のような生活にもどった。庭の手入れは春雄の一家がしてくれる。三反ばかり残っていた田圃も春雄に売ることにした。三反、千坪といっても田圃は宅地に比べて格段に安い。

「もう不動産はこの家屋敷だけになった」と、菊子はさばさばと言った。

「どっちが先に逝くか分からんばってん、順序としては民ちゃんの葬式はあたしが出すね。あたしの葬式は隆一夫婦の義務だから、粗末なことをしたら藍子のところに化けて出てやるよ」

　と笑いながら言っているのではあるが、民子は菊子が襖を切り裂いたことを思い出して、ほんとうに化けて出るかも知れないと思った。隆一坊ちゃんには気の毒だが、藍子とその両親が震えあがるのを見てみたい。

盆暮に嫁の実家に物を贈るのは嫁御の利上げと言ったものだが、菊子は藍子のことは利息を払う価値はないとすぐ止めてしまった。当然向こうからも来ない。隆一たちも日本にいないから藍子の実家の野沢家とは疎遠になってしまっている。あたしが死んでも野沢には知らせるなと民子に言うと、それは隆一坊ちゃんが決めることだからあたしにはどうもならんと民子が言う、それなら遺言状を書いておくと菊子は執拗だった。

朝食はパンと目玉焼き、その日の気分で市販の野菜ジュース。コーヒーメーカーで淹れたコーヒー。牛乳が嫌いな民子はインスタントコーヒーの粉末を入れて、コーヒー牛乳を飲む。年寄りにしてはハイカラな朝食だが手間がかからない。昼食はデイサービスセンターから配達される弁当。配達が無い日は冷凍うどんか蕎麦。夜は家政婦が用意してくれている物をチンしたり、軽く温めたり、春雄の細君もちょこちょこおかずを届けてくれる。長い間民子の味で暮らしてきた菊子には、栄養士が計算したセンターの老人食弁当はおいしくない。勝手に調味料を足し、好みの常備菜を家政婦に用意してもらった。

病院食に慣れていたはずの民子も、塩気はあまり摂らない方がいいと言いながら、プラスチックの蓋つきの容器に入ったすまし汁を、舌先で味をみて流しに捨てる。

「今更あれは駄目、これは駄目と言っても手遅れよ。さんざん好き勝手に食べてきたんだから」

と、近くのラーメン屋からちゃんぽんの出前をとったり、寿司屋から助六やちらしを取ることがある。勝手口に出してある出前の器を見ても家政婦は何も言わない。

夕食後、菊子は洗面所に歯を洗いにいった。洗面台の蛍光灯が二、三度ピカピカして消えた。口を洗うだけだからと、廊下から差し込む明かりで俯き加減になって上下の義歯をはずし、ガラガラとうがいをして水を吐き出し、目の前の鏡を見てぞっとした。薄明かりの中に祖母のサメがいた。

菊子の亡くなった母親はきれいな人だったと聞かされていた。あんたもお母さんに似て別嬪さんだとよく言われていたのに、唇の周囲にギャザーを寄せたようにすぼまっている義歯をはずした口元が祖母のサメにそっくりなのに衝撃を受けた。ざっと水をかけただけの義歯をあわてて口に入れると鏡の中のサメは消えた。

居間に戻った菊子は電話番号の早見表を繰って出入りの電気屋に蛍光灯の取り換えを頼んだ。ピカピカしよったばってんとうとう切れたね、と聞く民子に、

「足元が暗くて躓いたらまた骨折するよ。気が付いていたら何で早く電話しなかった」

と、怒った声を出したが、義歯をはずした自分の顔がサメに似て見えた話はしなかった。どっこらしょと弾みをつけて立ち上がると民子も洗面所へ行った。

菊子は湯呑を片付けようとテーブルに寄ったとき、右半身に異常を感じてそのままテーブルに寄りかかった。右の手足が痺れてくる。民ちゃんと呼んでもこの頃耳が遠くなった民子には届かない。一分か二分そのままテーブルにもたれていたが、どうにか居間のソファに横たわることができた。

居間に戻ってきた民子が驚いて菊子を見下ろした。菊子がこうこうなってと状況を話すと、口は痺れとらんとな、と不思議そうな顔をした。

民子が掛けてくれた毛布の中で、少しずつ手足を動かしながら、感覚が戻ってくるのを確かめた。救急車を呼ぼうとした民子を止めた。

翌日春雄の息子夫婦に付き添われて脳神経科の病院へ行った。

この歳で脳の中の何かが分かったところでどうなるものでもないと思ったが、ＭＲＩの検査を受けることになった。

薄緑色の病衣に着替えて踏み台を使ってベッドに横たわった。検査技師がいくつかの説明をすると菊子の身体をベルトで固定した。もし何かあったらこれを押してくださいとブザーを持たせると操作室に入った。台は静かにドームの中へ動き出した。途端に菊子は恐怖に襲われた。心臓が高鳴った。

「ごめん、ごめん、やめてぇ」と、叫びながらブザーを押し続けた。額に脂汗を浮かべ青ざめた菊子は一旦病室へ移された。

菊子が長い間忘れることで心の奥深くに閉じ込めていた幼い日のあれこれが、心臓の拍動に押し上げられて脳裏によみがえった。

年季明けで里へ帰るあねどんの赤い名古屋帯のお太鼓が遠ざかってゆく。手を振って見送る菊子を一度しか振り返ってくれなかった……。

ごとんと蓋が閉まるとサメの足音が去った。暗くて臭い。そして寒い。菊子は閉じられた蓋を中から叩いた。幼児の拳に頑丈な長持ちの蓋はたいした音も立てない。「まっちゃん、まっちゃん」と、あねどんの名を呼びながら泣いた。

さっきまで、サメが鏡の前で鬢盥《びんだらい》の水を使って髷の乱れを梳きつけているのを見ていた。

鼈甲の櫛が鏡台の上においてある。菊子はいつもサメの前髪に挿しているその櫛を、きれいだねと言って自分のおかっぱの前髪に当てた。

「なんばしよっとね」サメが声を荒げて櫛を菊子の手から取ろうとした。驚いた菊子は櫛を手放した。なんばしよっとねと再びサメが叫んだ。にげようとして菊子は櫛を踏んだ。

サメは使っていた梳き櫛をぼちゃんと盥に投げ込み、ばさっと風を起こして立ち上がると菊子を背後から抱え上げた。

「ごめん、ごめん」と足をばたばたさせて叫んだが、サメはものも言わずに納戸へ行くと、古い長持ちの中に菊子を投げ入れ有無も言わさず蓋を閉めた。

いうことを聞かないから菊子を納戸に押し込めたと言われたあねどんが納戸を覗くと菊子はいなかった。自分で外へ出たのかも知れないと思って去りかけたが、まさか、ひょっとして？　と納戸に戻って長持ちの蓋を開けると、泣き寝入りしたのか、恐怖のあまり失神したのか、ぐったりした菊子を見つけた。長持ちの中から抱え上げても目をあけなかった。あねどんはおそるおそる菊子の小さな胸に耳を押し当てて、規則正しい脈音を聞き取った。

菊子は男衆《おとこし》が曳くリヤカーに乗せられて母方の祖父母の家に連れてこられた。着替えを入れた風呂敷包みを持ってあねどんが付いてきた。あねどんは風呂敷包みと手土産の羊羹を差し出して、ご隠居さんがくれぐれもよろしくお願いしますともうされましたと、教え込まれた口上を棒読みに述べた。

ようきた、ようきたと祖父の嘉介が頭を撫でて抱き上げた。お茶を一杯よばれるとすぐにふたりは立ち上がった。

祖母のチヨノがおっちゃんやあねどんにありがとうございましたと言わんかい。遠かところを送ってきてもろたとじゃろがと促した。

嘉介に高い高いをされてキャッキャッと笑い声を上げ、足をバタバタさせながら、高いところから菊子はさいならぁと手を振った。

「嬢ちゃんがあげん声をあげて笑うところを久しぶりに見た」

と、あねどんは涙をぬぐった。男衆ば、むぞかなぁ。早くから親に死に別れてと目をしばたいた。

西隣の村から始まって、三十三か所の祠堂をめぐるどろどろ詣りの行列は、道々接待を受けご詠歌を唱えながらざわざわと続いている。

先達が錫杖《しゃくじょう》でとんと地を打つと、五つ六つの鉄の輪がぶつかってしゃんしゃんと音を立てた。

菊子はチヨノが昨夜、夜なべで縫ってくれた小さな頭陀袋を首から下げていた。中にはお接待でもらった飴や饅頭がはいっている。

菊子がチヨノのかさかさした手から捻るようにして自分の手を抜こうとしたが、チヨノはいっそう強く菊子の小さな手を握った。

「飴が食べたかぁ」と、すねた声を出すとチヨノは手をゆるめた。

小さな観音堂で老婆が、こがんこまかとにむぞらしかない。いくつ？　と菊子の頭に手をおいて訊ねた。五つと菊子が指を広げて応えると、もうひとつ入れてやろうと、新聞紙で作った小さな袋に飴を入れてくれた。紙袋から飴を出して口に入れると、

「もういやっ、きつかあ、あるきたくなか」と、地べたに座り込んだ。

チヨノは菊子の肩をむんずと摑んで引っ立てると自分は屈んで菊子の目を覗きながら語りかけた。

「ようべ話したろうが、死んだややのこと。今日一日辛抱しろ。おとっちゃんやおっかしゃんがあの世で悲しまんごと。お前がおりこうさんになれ」

と言って手を取ると立ち上がって行列の中に入った。

昨夜菊子は針仕事をしているチヨノの背中に張り付いて、背中越しにチヨノの手元を覗きながら、どろどろ詣りて何？　何すると、と訊ねた。

「去年死んだややは、お前の弟はな、賽の河原で、おっかしゃんおっかしゃんて、夜に日に泣きよると。乳を飲みたかぁて泣きよると。そんなややたちをお地蔵さんが衣の中に入れて、泣くな、泣くなってなぐさめてくれよんなさる。ややのために仏さんにおすがりせにゃ、お地蔵さんによろしうお頼みしますてお願いして廻るとたい」

菊子はチヨノからあしたどろどろ詣りに行くぱい。お前はほんに業が深いけん、仏さんにおすがりせにゃと言われた。チヨノは菊子の身体に合わせて、頭陀袋や手甲脚絆を縫ってくれた。裾の長い着物は歩きにくいからと、腰揚げもしなおした。母方の祖父母のところに来て半月が経とうとしている。

チヨノは毎晩仏前で地蔵和讃を唱える。菊子も手毬歌でも覚えるようにそのあちこちを諳んじた。

「これはこの世のことならずぅ」チヨノのあとから可愛い声が付いていく。

業てなんね。

欲ばかいたり、人を妬んだり、自分のことばかり考えて嘘を吐いたりすることたい。あたいは学がなかけん、お前がよく分かるごと教えてやることは出来んばってん。

お前のおっかしゃんは仏さんのように心根のやさしかおなごじゃった。お前もおっかしゃんに似てべっぴんじゃけ気持ちもおっかしゃんのようになれ。観音様のようになれ。

ここのじじしゃんもうちのじじしゃんも、きれいか歯が生えとるね。うちも金歯を生やしたか。

あれは歯が弱くなったけんぱい。しっかり塩で磨いて真っ白にしとかんかい。歯が白かとは別嬢さんのしるしばい。

ここのじじしゃんは、うちがここへ来ると、よう来た、よう来た、お前が来るとが一番うれしかていうて、男のくせに泣くとよ。胡坐の中にうちをシッカリ入れて顔をすりすりされると髭が痛かあ。うれしかとになし泣くと？

あのな、人間が泣くとは悲しかことばかりじゃなか。人間には心ていうものがある。うれしくても悲しくても、はがいくても心は涙を流させる。

ばってん涙も出らんごと悲しかこともあるとばい。

どがなこと？

チヨノは縫物を向こうへ押しやり、肩に置かれた菊子の手をとって前に回らせると膝に跨がせた。

チヨノは菊子をしっかり抱きしめた。苦しかぁと菊子はもがいた。

あのな、ややもふとんをかぶせられてお前に乗られたら、もっと苦しかとぞ。死んだややも、死なせたお前も早苗が生んだ子供たいね、葬式の間早苗は一滴の涙もこぼさんやったばってん、その涙が全部早苗の体に溜まって早苗は死んだと。早苗の心ぎゅっと縮まって、固まって、悲しかともはがいかとも思わんごとしよったと。

腎臓病で死んだていうばってん、違うばい。あれはあんときわんわん泣かれんかったけばい。どろどろ詣りが終わったら鶴田の家から迎えが来る。

おっちゃんはお前の死んだ父ちゃんの弟ばい。お前を可愛がらん筈はなか。おっちゃんは好かん。母ちゃんと寝よった。伸太郎、伸太郎ってじじしゃんもばばしゃんもややばっかり可愛がる。おっちゃんも死ねばよか。

まだ言うのかと、チヨノの手が菊子の小さな唇のはしをつねった。菊子は青みがかった白目に怒りを滲ませてチヨノを睨みあげた。

チヨノの両目で膨れ上がった涙は菊子の顔に落ちてきた。

チヨノは菊子の顔を首にかけていた手拭いで拭いて抱き上げると寝床に連れて行き、明日はごおほん歩くけんな、今夜ははよう眠っておくがよかと寝巻に着替えさせた。菊子がチヨノの匂いが染み着いた絣のふとんにもぐると、チヨノはふとんを軽く叩きながら子守唄を歌った。チヨノの歌はチヨノがいつも唱えるお経のようだった。あまり抑揚のない低い歌声は菊子の心を慰撫した。菊子はいつの間にか眠っていた。

半月ほど嘉介やチヨノのところに滞在した菊子はチヨノが縫ってくれたお手玉や嘉介が彫った雛車を持って迎えに来たあねどんや男衆に連れられて鶴田家に戻った。

雛車には色が塗ってなかったが、紐で引くところころと菊子の後を付いてきた。

うちはどろどろ詣りでいーっぱい歩いたけんリヤカーには乗らんと言って、二里の道のりを途中男衆に背負われたりしながらも歩いて帰ってきた。

鶴田家に近づくに従って口数が減ってきた。

伊兵衛はおお、帰ってきたかい。西山のじいしゃん、ばあしゃんは元気にしとんなさったかいと訊ねた。

ああ、お帰りとだけ言ったサメに菊子はただいまーと無邪気な声を張り上げた。

あねどんはついと横を向いて、涙がこぼれそうになった顔を隠した。そして二、三度空咳をしてさりげなく涙をぬぐうと、西山さんがよろしくとゆうておられましたと伝えた。

ねえ、ねえとしなだれかかって甘えるのはサメの目がないところだった。そんな菊子が不憫だったが、年季明けが近づいていた。

柳行李と古ぼけたトランクをリヤカーに積んで駅まで送って行く男衆と、銘仙の着物にお太鼓を縮めたあねどんを裏門で見送った。さようならぁと声を張り上げた菊子に一度だけ振り向いて手を振ってくれた。往還へ曲がるまで見送っていたのに、あねどんは二度と振り向いてくれなかった。

脳の断層写真を写し撮れなかったＭＲＩの器機は、何層にも重なった心の襞を押し広げて、忘れることで幼い心を守ってきた辛かった日々を甦らせた。

惚け封じ観音や、病んで三日で死ねるぽっくりさん等々民子は熱心にお詣りに行っていた。行った先々で菊子の為にもお守りを買ってくる。神さんや仏さんが喧嘩しているかもしれないと言いながら菊子はそれを小抽斗に仕舞う。

退院後は杖を突きながら近くのお大師さまに毎朝お詣りに行くだけになったが、民子はピンピンコロリピンピンコロリと呪文のように呟くようになった。

その民子が風邪をこじらせて肺炎になり入院三日で亡くなった。ぽっくりさんのご利益かもしれないし、ピンピンコロリの呪文が効いたのかもしれないと、菊子は民子のために長患いしなかったことを喜んでやった。もう、死を惜しむ歳ではなかった。八十二歳になっていたから。

登は喪主鶴田菊子で報じられている民子の死を新聞のお悔やみ欄で知った。催促がないのを幸いついに一銭も返さなかった。途中年金の振込先が変えられたのは分かった。そこに菊子の意志を感じた。今更お悔やみでもないと、朝食後近くの整骨院へ行く準備をしているころには忘れていった。

お通夜や葬儀は斎場の、普段は遺族の控室やお斎を食する部屋に当てられてる場所を使った。菊子が準備した生花が一対。すべてに質素だった。しかし、生前の民子の人徳や交友関係の広さを菊子は改めて知らされた。新聞を見たと言って菊子が知らない人が大勢お詣りに来てくれた。

毎年近くの小学校にお茶摘みのボランティアに行っていた。校庭の周囲に生垣のように植えてある茶の葉を生徒と一緒に摘み揉んで仕上げる。学校はそのお茶を給食に使う。老人会で竹とんぼやお手玉作りも教えに行っていた。お茶摘みのボランティアだと隣の主婦といそいそ出かけていたのは知っていたが、せっせとぬっていた雑巾を障害者の施設へ持って行ってたとは知らなかった。佛教婦人会の会長がそれらのエピソードをまじえて心のこもった弔辞を読んでくれた。

地区の子供クラブの生徒が父兄に連れられてお詣りに来た。家の前が通学路になっている。民子は毎朝門前を掃きながら登校する子供たちにおはよう、いってらっしゃいと声をかけていたらしい。子供たちの間では民子はおはようございますおばさんと呼ばれていたことを子供が読んでくれた短い弔辞で初めて知った。菊子は涙が止まらなかった。

棺の蓋を覆って知るというけれど、お棺の中には菊子が知らなかった善行を積んだ民子がいた。曽根崎で生まれて曽根崎で育った菊子よりも民子の方がより地域に根付いていた。

菊子は初めて身近な者の死に深い喪失感を味わった。

両親が亡くなったときはまだ幼かった。祖父母の死は誰もが経験する人生の通過点のような気持ちで、祖父母に連なる人々に対して唯々当主として齟齬がないようにと肩肘張っていた。

喪失感を持て余しながら、お茶を飲もうとしてうっかり民子の湯呑もテーブルに出したり、箸を並べたりした。

朝の集団登校はそれほど子供たちの声は響かないが、水曜日は午前中授業で集団下校する。やはり放課後は解放感があるのだろう賑やかな声が通り過ぎる。なんとなくテレビも面白くない。居間のソファでぼんやりとしていると子供の声が民子のいたころよりもはっきり聞こえるようになった。それを聞きながらあたしも子供の頃があったと空になった湯呑を無意識に弄びながら思った。

　幼いころ、周囲の子供たちがばばしゃん、ばばしゃんと祖母に甘えたり背負われたりしているのを、よくあんなことができると不思議に思った。抱きつかれて怒らない、ずるずる垂らした青洟を前掛けの端で拭いてやる。一度菊子も針仕事しているサメの背中にばばしゃーんと寄りかかったら、危ないと邪険に撥ねやられた。

　母方の祖父母、嘉介とチヨノは菊子が小学生のとき、日本住血吸虫による風土病で相次いで亡くなっていた。チヨノが縫ってくれたお手玉の糸が切れて中の小豆がこぼれ出た時、一粒でも落ちているのを見つけたらサメが何か言いそうだった。サメにチヨノの悪口はいわれたくなかったから、懸命に探して拾った。

　西山の家は小作農で決して豊かではなかった。しかし、菊子を可愛がってくれる祖父母がいた。一本の羊羹を薄く切り分けて三人の従兄弟たちはおいしそうに食べた。菊子はチヨノの膝に跨って、指先で少し千切った羊羹をあーんしてとチヨノの口にいれてやった。

「おだいやぁ。これは何ていううまいもんじゃろか。顎が落ちよる」と菊子の背中に回した手を顎に持ってきた。菊子はキャッキャッ笑ってチヨノの膝でピョンピョン跳ねた。

　三人の従兄弟たちはそれぞれの減り具合を横目で見ながらちびちび食べた。羊羹一切れにも温もりや笑い、おいしい物を食べる素直な喜びがあった。西山の家での半月あまりのことは、菊子の八十年の人生の瞬きする間の出来事だった。

西山の家の麦わら屋根の下の暮らし。兄弟げんか、泣き声、怒鳴り声、笑い声、涙を拭いてくれる祖母、夜中におしっこに起きたら土間で仕事をしていたおっちゃんは、梁に提げたランプを持って便所まで付いていてきてくれた。

音に満ちていた。笑いが溢れていた。

あの頃の鶴田の家では笑う事も大声で泣くこともなかった。子供は菊子がひとりだったし、続く不幸でひっそりと暮らしていた。菊子があねどんに甘えてふざけかかっていると、サメがうるさい頭痛がすると、これみよがしにこめかみに膏薬を貼った。

民子がいなくなって独り言がおおくなった。すっかり忘れてしまっていたほんの日常の細やかな会話を思い出してひとりで笑う。

ああ、あれ、あの話、なんであんな話になったのだろう。

「おサメさんて怖い人だったよね」

と、何気なく話を向けたら民ちゃんは、厳しいおひとやったと一瞬に目を据えてから息を吐いて肩を落とした。

「あのね、あたしは三人ひとを殺した」

と茶飲み話の続きの様に言っても民ちゃんは驚かんじゃった。そして、

「若だんなさんと？」

と指を折った。

「まだややだった弟とおサメさん」

「おばあちゃんはあたしがやった」

「?……」

向かいのソファに座っていた民ちゃんは背もたれから背を起こして、

「あのとき、あたしが裏の川から戻ってきたらおばあちゃんが逆《さか》たんぼになって……石に頭を。うろたえて駆け寄って起こそうとしたら、おばあちゃんの口が動いたように見えた。あたしは持ち上げかけたおばあちゃんの頭をことんって落とした」

「なして」

「ふっとあたしゃこのままおばあちゃんのおむつ替えで一生を終わるのかと思ったら、手がおばあちゃんの頭を放しとった。おむつを替える時いつもじっとして替えさせてくれないから、あちこちうんこがくっついて余計手間がかかった。どんなに手を洗ってもどこかにうんこがついているようでいつも自分がくさいような気がした……だから……そげな恐ろしかこつばしたとやけん、鶴亀屋をすぐ出るつもりだった」

「民ちゃんは何十年うちにいるね」

「五十年、うーん、五十五、六年、ようと分からんごつなってしもた」

この頃は何でもかんでも底が抜けたバケツのようにただ漏れで、すぐに忘れてしまうばってん、あれだけは忘れとらんよ。ごきぶりの金玉ば捻り潰してやるけんね。見とらんね。

郵便受けから差出人名のない封書を取り出した登は妻の目に触れなかったことにほっとした。極上の和紙の封筒や宛名の筆書きの文字は菊子に違いない。今頃何だろう。民子からの借金の取り立てか。そんなものは証書もメモもないのだからとたかを括り封を切った。中から出てきた一束の白髪を思わず取り落としそうになった。

これはあんたしか知らんことじゃけんねと睨みあげられた、徳治の死体を埋めたときの菊子の底光りする目を思い出して背筋が凍った。ゴミ箱に捨てるわけにはいかない。もうすぐご飯なのにどこへ行くのかと問う妻の言葉に、うやむやに返事しながら傘立てから杖を取った。十分も歩けば川がある。

土日休んだ家政婦がこんにちはと勝手口からはいると、ダイニングキッチンのテーブルに、菊子のマグカップの向かいにコーヒー牛乳が入った民子の取っ手付きのコップがおいてあった。奥に向かってもう一度こんにちは黒田ですと声をかけた。

のそりと出てきた菊子を見て驚いた。白い絵の具を塗りつけたような両髪、鼻の下に無数に縦皺を寄せて萎んだ口元、見慣れた多色の毛糸をキルトのように繋ぎ合わせたカーディガンを着ていなかったら、菊子と分からないところだった。

民子の葬式以来菊子は目に見えて衰えてきた。しかし、あのおしゃれだった菊子が義歯をはずして人前に出てきたのにはびっくりした。十も二十も老けて見える。

菊子は手にした民子のパンティを穿かしたハンガーを今干すところだったと家政婦に差し出した。家政婦は、はいと受け取って物置の軒先のフックに吊しながら、半月そこそこで壊れてしまった菊子に驚き何度もため息をついた。

六十有余年、一つ屋根の下に起き伏しし、一つ釜の飯を食した他人同士が地下茎を深く延ばして作り上げた家庭。枯死した地下茎の一方が生き残った一方に絡み付いて壊死させていく。どちらが先に逝っても同じ結果だっただろうと、家政婦は痛ましい思いとそら恐ろしい思いを交錯させて菊子をみつめた。

菊子は有料の老人ホームの個室で、隆一、藍子夫婦の訪問を受けた。

「これ、舟和の久寿餅です。お義母さんがお好きと聞いていたので」

と、差し出された包みを恭しく受け取ると、

「これはこれはご丁寧にありがとうございます。それで、あのぉ、どなたさんで」

と、にこにこと見上げた。

藍子は傍らの隆一と顔を見合わせてから、

「藍子です」

と頭を下げた。

「民ちゃんが帰ってきたらお茶にしますけん」

一時鳴き止んでいた蜩が一斉に鳴きだした。

## 著者プロフィール


# 宮脇 永子（みやわき ながこ）

1938年1月生まれ　鳥栖市在住

1981年 鳥栖市同人誌「栂の木」発足　同人

2011年 34号を以て解散

1992年 福岡市同人誌「南風」同人 現在に至る



白扇　～宮脇永子作品集～

2025年4月15日　初版第1刷発行

著　者　宮脇 永子

発行者　瓜谷 綱延

発行所　株式会社文芸社

〒160-0022　東京都新宿区新宿1－10－1

電話　03-5369-3060（代表）

03-5369-2299（販売）

印　刷　株式会社文芸社

製本所　株式会社MOTOMURA





ISBN978-4-286-26397-7